# 成吉思汗原乡纪游

## 另一种文明的体验

陈万雄 著

Simplified Chinese Copyright © 2020 by SDX Joint Publishing Company.
All Rights Reserved.
本作品简体中文版权由生活・读书・新知三联书店所有。
未经许可，不得翻印。

**图书在版编目（CIP）数据**

成吉思汗原乡纪游：另一种文明的体验／陈万雄著．—北京：
生活・读书・新知三联书店，2020.10
ISBN 978-7-108-06852-1

Ⅰ.①成… Ⅱ.①陈… Ⅲ.①随笔-作品集-中国-当代
Ⅳ.① I267.1

中国版本图书馆 CIP 数据核字（2020）第 075499 号

| | |
|---|---|
| 图书策划 | 活字文化 |
| 封面题签 | 金耀基 |
| 责任编辑 | 徐国强 |
| 装帧设计 | 康　健 |
| 责任校对 | 龚黔兰 |
| 责任印制 | 徐　方 |
| 出版发行 | 生活・讀書・新知 三联书店 |
| | （北京市东城区美术馆东街 22 号 100010） |
| 网　　址 | www.sdxjpc.com |
| 经　　销 | 新华书店 |
| 印　　刷 | 北京图文天地制版印刷有限公司 |
| 版　　次 | 2020 年 10 月北京第 1 版 |
| | 2020 年 10 月北京第 1 次印刷 |
| 开　　本 | 720 毫米 × 1020 毫米　1/16　印张 16 |
| 字　　数 | 178 千字　图 180 幅 |
| 印　　数 | 0,001-3,000 册 |
| 定　　价 | 98.00 元 |

（印装查询：01064002715；邮购查询：01084010542）

成 吉 思 汗 原 乡 纪 游

另 一 种 文 明 的 体 验

沙漠　草原　山脉　城镇

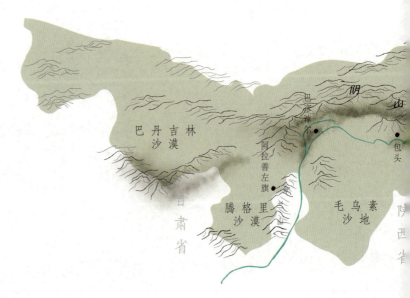

内蒙古自治区地形示意图

# 目 录

序言　魏坚 .................................................... 1
前言　来龙去脉　陈万雄 ........................................ 7

寻梦　寻历史足迹，圆少年梦想 ................................. 21

## 上篇——塞内·塞外

跨越长城，奔走朔方 ........................................... 29
"塞外之城"呼和浩特 .......................................... 36
阴山下，河套边 ............................................... 42
农牧文明攻防战主舞台：土默川平原 ............................. 49
土默川平原历史两女性：王昭君与三娘子 ......................... 53
长城内外：两千年万里长城的历史舞台 ........................... 67
华山玫瑰燕山龙：南北相攘共融的始起 ........................... 77
闯荡长城，攀登雄关 ........................................... 87

## 中篇——森林 · 草原

森林民族的原乡：兴安岭 ............................................. 105
森林原乡最后的守护者：鄂温克族与鄂伦春族 ............... 115
千年之覆的嘎仙洞 ........................................................ 129
拓跋鲜卑神奇的历史旅程：百年的草原闯荡 .................. 138
拓跋鲜卑神奇的历史旅程：再闯农业文明新天地 ........... 142
历史的交汇点：室韦镇 ................................................. 151
蒙古族的母亲河：额尔古纳河 ....................................... 161
民族的摇篮：呼伦贝尔草原 ........................................... 166

## 下篇——文化 · 感悟

蒙古人的生活天地 ........................................................ 185
没污染的人情 ............................................................... 207
喝酒的故事 .................................................................. 217
草原上的世界大都会——元上都 ................................... 221
从蒙古象棋说起：蒙古高原与世界历史 ........................ 234

跋　陈万雄 .................................................................. 245

# 序 言

*魏坚*

陈万雄先生是我的挚友，也可以说是内蒙古文博界的挚友。我们相识于20多年前对"草原文化"的推广，并因此而结下了深厚的友谊。

记得是1994年的5月初，那时我在内蒙古文物考古研究所任副所长，正在主持南流黄河西岸鄂尔多斯寨子塔遗址的发掘。当时所里两位年轻的业务骨干参加了国家文物局在郑州西山举办的"田野考古领队培训班"的培训和考核，为了他们能够顺利过关，我决定去郑州西山一探究竟。那日下午，为了节省时间，我从遗址东侧的悬崖边下到高差约90米的黄河岸边，跨过"七〇一黄河战备大桥"，搭上唯一的一趟长途班车赶回了呼和浩特，凑巧的是正好赶上当晚内蒙古文化厅为香港商务印书馆陈万雄总编辑举行的欢送晚宴，此乃与陈万雄先生酒桌初识。第二天，我搭航班飞郑州，没有想到陈万雄先生就在我邻座。有了前一晚喝酒的铺垫，飞机上自然交谈甚欢，借此我也了解了他对编写"草原文化"专题图录的主要构想和基本思路，此乃与陈万雄先生飞机深聊，并从此开启了二十几年学术、文化的深入探究和友情的不断升华。

万雄先生行思敏捷、精力充沛，且性格豪爽、为人笃诚，言谈交往之中，常能感受到他的热情和大度。虽然他的粤式普通话讲得并不标准，常常会在讲话时把"我们这些做编辑的"说成是"我们这些做骗子的"，引起哄堂大笑，但是他极具感染力的为人之道，却使我们这些北方汉子个个对其折服，并愿意与他共事。20世纪90年代中期，他正积极筹划，为著名考古学家苏秉琦先生整理出版《中国文明起源新探》，同时在认真领会苏先生"考古学文化区系类型"学说的基础上，准备编撰一套图录，他称之为《中国地域文化大系》，即利用考古学的资料，将全国的考古发现与研究成果，以若干册图文并茂的大型图录完整地呈现出来。这样一项浩大的文化工程，恐怕除了万雄先生的胆魄和气度，无人敢于承担。当时的《草原文化》和《东北文化》就在首刊发行之列。于是就有了万雄先生在这本书中提到的"成吉思汗原乡"的考察。那时，我们一辆面包车，一行八人：香港商务印书馆有陈万雄先生、张倩仪小姐、李家驹和温锐光先生；内蒙古方面有文物处苏俊处长，考古所的我和博物馆的傅宁先生、司机陶平顺师傅。西迄阴山脚下、黄河两岸的巴彦淖尔和鄂尔多斯，东至大兴安岭西麓的呼伦贝尔和赤峰红山，在呼和浩特东郊探访过旧石器时代的大窑南山，在锡林郭勒草原拜谒了草原都城元上都……昼夜兼程、跋山涉水的劳顿和欢声笑语，温故知新的喜悦充满了整个行程——那是一次东西五千里、上下八千年的历史文化巡礼！而勤奋、细心的万雄先生记下了考察中的所有这一切。现在奉献给大家的，就是他作为一个文化工作者，以赤子之心，"一生倾注于中国历史文化的探索和思考的心路历程"。

诚如万雄先生书中所言，中国古代北方少数民族长期活动的地区主要在蒙古高原的大漠南北。这个地区疆土辽阔，东起大兴安岭，西接阿尔泰山，北界西伯利亚，南逾阴山，大体上包括清朝初年以来所称的内、外蒙古。辽阔广袤的内蒙古自治区，就地处蒙古高原南缘的漠南之地，东西横跨东北、华北、西北三大自然地理单元，大部分疆域处在北纬41度线以北，由东向西，燕山连绵，阴山横亘，中国历代长城也基本分布在这条山系南北。特殊的地理环境、多变的气候条件，形成了形态各异的自然经济类型，也造就了源远流长、色彩纷呈的灿烂古代民族文化。北方草原的古代文明，从其发端便是以农业与牧业、狩猎与畜牧多种经济形态相互交错的形式，在这一区域孕育和发展。旧石器时代"大窑人"石器撞击的火花，与"北京人"燃起的火焰同样耀眼。地处西拉木伦河两岸的原始村落，同一曲黄河的新石器时代文化，并称为内蒙古的"两河流域"文明，其在中华文明起源的"满天星斗"中，应是最耀眼的星座之一。夏商之际，随着北方地区气候的干燥和变冷，畜牧业便也悄然兴起，伴随着游牧民族登上历史舞台，北方草原的青铜文明也翩然而至。周、秦、西汉以降，东胡、匈奴、鲜卑、乌桓、突厥、契丹、党项、女真、蒙古、满洲等北方各少数民族，如浪潮般一次次地崛起，他们离开兴安岭，跨过草原、大漠，在与中原王朝的长期较量中，不断充实和壮大自己，一旦时机成熟，便越过阴山，入主中原，建立王朝。

　　中华民族就是在周边民族不断融入中逐步形成的，特别是在北方民族强势融入并屡屡注入新鲜血液中，不断更新和壮大。北纬41度线造成了农牧差异，也造成了征战和融合，而这种征战和融合恰恰是中华民族不断创造新历史的原动力。中国历史的朝代序列在魏晋南北朝之后，常常以"唐宋元明清"一以贯之，这应当说是一种不完整的表述。北宋时北方有辽、西夏并存，"澶渊之盟"后的百年和平，造就了北方经济和社会的高度发展，以至于俄语至今仍以"契丹"称呼中国；南宋时北方仍有金、西夏并立，偏居东北一隅的海陵王甚至把都城迁到了北京，就此开创了北京建都的历史。但在以中原为中心的观念支配下，史家居然没有给西夏修史，即便是《辽史》和《金史》，也十分简陋，错谬百出。今天看来，北宋的280万平方公里和南宋的200万平方公里土地当然不能代表当时的中国，但依然有人对南宋的灭亡和元朝的统一发出"崖山之后无中国"的哀叹，站在历史发展的长河上看，这实在是狭隘的历史观和民族观。即便是享国近三百年的大明王朝，在永乐北征后不久，就在比汉长城更偏南的区域修建了"万里长城"，将北元-蒙古部落阻隔在了长城以北，实际上开启了中国历史上又一个"南北朝"时代。

　　因此，我们没有理由不去正视和思考这一历史的真实。否则，我们就将永远无法去认识历史上一个完整意义上的中国。草原民族在大漠苦寒的环境下，长期过着骑马射猎、逐水草而居的生活，养成了胸襟开阔和坚韧不拔的性格，他们在融入中华文明之时，便为中华文化带来了蓬勃向上、生机盎然的新鲜血液和发展动力。同时，草原民族金戈铁马、气吞万里的豪迈气概，也打通了欧亚大陆上的壁垒，犹如一座桥梁，使中西文化得以交流。与此同时，草原文明也在这种交流中发展繁荣，其独树一帜的文明成果，又被其他民族吸收借鉴，使草原文明成为全人类共同的财富。

1996年初，为了配合《中国地域文化大系》之《草原文化》和《东北文化》在香港出版的宣传推广，我和苏俊先生，以及辽宁文博界的徐炳琨和孙守道两位先生，受陈万雄先生之邀，赴香港参加了一次精心准备的学术推广活动。那次活动除了学术讲座外，有和媒体的恳谈见面会，有香港电台关于"草原丝绸之路"的录音访问，有报社记者对考古生活的单独采访，有晚餐的美酒，也有下午在咖啡馆的"快乐时光"。记得在一次学术讲座中，我以《中国的史前史应当重新架构——以兴隆洼、红山文化系列为例》为题做了发言。这个议题引起了前来参加讲座的饶宗颐先生和香港学术界的热烈反响，饶先生随后做了长篇讲话，认为以往对信史的认识只可以追溯到中原的商周和北方的东胡，而考古的发现完全可以重建中国的史前史。会后的餐会上，饶先生热情地邀我"到香港来教书"，虽因种种原因此事未有结果，但饶先生对历史文化的重视和对晚辈的提携可见一斑。应当说，万雄先生策划的这次活动完全超出了预期的设想，香港媒体的大量报道、海外媒体的相关播出，都充分说明了这一点。

  万雄先生生在南国，读书做事也在南国，却因探寻中华文明的多个源头，来到了北方，投身于草原，完成了对"另一种文明的体验"。几年的奔波与不断的思考，用他自己的话说，"令我对中国历史和中华文明有了重新的认识和理解"。这里折射出的是他对中华文明多元一体格局形成的深刻认识和对草原文化的执着热爱。转眼二十多年过去了，当这位精力过人、工作起来不知疲倦的文化学者在"重游大兴安岭和呼伦贝尔大草原，勾起旧忆，焕发了感情，又以退休之身，重新动笔"之时，这部凝聚着大半生感情与思考，饱含着诸多好友嘱托的"旧账"，终于要面世了！这或许是对历史的思考，或许就是对过往岁月的回忆，我相信，每一个经历过的人都会从中找到自己想要的东西。

  老友所嘱，匆匆写就。是为序。

2017年2月8日新春于呼和浩特

（本文作者系国务院学位委员会考古学科评议组成员，
中国人民大学历史学院考古文博系主任，
中国人民大学北方民族考古研究所所长、教授、博士生导师）

# 前言　来龙去脉

陈万雄

迁延了近二十年,这本小著终于写成出版。

这只是一本纪游小著,非学术著作。却是自己出版生涯记录的重要一页,亦反映了个人一生倾注于中国历史文化的探索和思考的心路历程。

20世纪80年代初开始,拓展中国文明史图录的编辑出版,是我出版志业的重心所在,并让我乐此不疲。诸缘辐辏,时代赐予的机遇,像封了尘的中国文明史的一些长卷,让我有幸一卷一卷地打开,一段一段地映入眼帘,太新奇了,太神奇了,亦太迷人了。每一卷、每一段的展开,都让我禁不住要将自己发现的惊叹、喜悦,全心尽意地传递给社会大众。一眨眼间,就过了几十年。翻到内蒙古高原的这一幅画卷,游目其间,令我太陶醉了。它的展现,令我对中国历史和中华文明有了重新的认识和理解。

大学时代,我钟爱上王德昭教授的课,因为他所开设的课程,总给我们开拓了历史的视野,提高了历史认识的眼界。他的"中西交通史"课程,不但教导我们认识了几千年来的中西交通和交流

与司机陶平顺师傅在金莲川草原　　与苏俊处长（左一）在黑克头附近，偶遇考古学家张忠培先生（右二）等

史，更诱导我们要从中国史去理解世界史，再从世界史去理解中国史。在那个年代，这种启导，是中国历史认识的新视野，振聋发聩。他的这门课程，曾讲述到欧亚大陆间游牧民族的历史。只是囿于时代认识的局限，或由于自己的忽略，我对他讲授的这段历史，印象并不深。但他课堂上的一段话，却深深而生动地留在我脑海中。他说，欧亚大草原，虽东西逾万里，但欧亚之间通过草原的来往交通，远比后人所认识的，来得早，来得频密。因为欧亚游牧民族，以马匹为工具，在辽阔的大草原上移动，仿如大洋中的海浪，后浪推前浪，一波逐一波，无远弗届。这是我对草原历史的第一个认识。

80年代伊始，由于从事编辑出版，得以跑遍塞外江南，目睹风土，览游胜迹，观赏文物。拜识历史学者以外，再得亲炙了一众文物博物家、考古学家，目染耳闻，对中国历史文明，映现了新的图

与摄影师孔群先生

与考古学家魏坚教授

像,遂萌生探究的念头。从过往以文物或艺术为切入点的编辑出版角度,转而以历史文化为切入点,并根据此种新的认识,策划出版了《紫禁城宫殿》《国宝》《清代宫廷生活》《千年古都西安》等大型画册。继之策划出版的《中国地域文化大系》,结合文献研究成果和考古发现,以区域文化为范围,去建构中国文明史的全貌,是另一种新的尝试。《草原文化》就是该系列的一种。我之得以走进内蒙古草原,因该书而起,也因游走内蒙古的体验,而对中国历史文明有意想不到的新认识。

得益于欧亚草原地区考古的成绩,世界历史观念为之转变。长久以来根深蒂固的"欧洲中心史观"与"农业文明史观"渐被打破。到了20世纪80年代初,"草原文明"的学术研究,渐蔚成世界历史研究的显学,世界史新图像也渐次显现。同样,五六十年来考古的丰硕成果,也促进了中国文明史研究新视野的萌芽。《中国地域文化大系》是在这样的学术背景下适逢其会，酝酿而成的。长期浸淫在因袭已久的中国文化史格局下的我们，因《草原文化》的策划出版，置身其间，过程之新奇、新鲜，感受之深刻，反思之强烈，可想而知。《草原文化》画册刚出版，就承主编之约，在香港《明报月刊》，以纪游形式发文连载。可惜终因工作太忙而中断，前后只刊登了七八篇。其间，虽屡有继续撰写下去的念头，或忙于他事，或恐此类文字为明日黄花，一搁近二十年矣。前年重游大兴安岭和呼伦贝尔大草原，勾起旧忆，焕发了感情，又以退休之身，重新动笔，遂成此著。

在策划和进行《草原文化》与《发现草原：成吉思汗崛起的秘密》（电视片）的出版时，首先得到了内蒙古自治区文化厅、内蒙古博物馆（今称内蒙古博物院）、内蒙古考古研究所的鼎力支持和合作。为做好这两项出版，我们双方都动用了大量的人力物力，全力施为。若从出版经营的回报来说，可能不算理想。对此，作为主要策划者的我，不无歉意。但是，作为文化上的影响，不仅在出版，包括在香港举办多次"骑马民族"和"草原文明"为主题的展览，且由此而声闻于外，总算差可安慰。二十年过去了，在内蒙古的朋友间衷心协作、愉快相处所结下的情谊，已溢出工作同伴所限，终生难忘。时过境迁，虽然各自忙碌，少所联系，但对于在内蒙古的一众朋友，赵芳志厅长、苏俊处长、王大方处长、邵清隆馆长、考古所刘所长、塔拉院长、魏坚教授、傅宁先生、黄雪寅女士、满勇先生、摄影师孔群先生及司机陶平顺师傅等，以及内蒙古地方上的文博界朋友，我在这里衷心地说句多谢，并视之为难以忘怀的朋友。至于在香港，不管是否已离开商务印书馆，那些在不同岗位曾参与的同事，我是不胜感激的。尤其是张倩仪女士，她是这一项目的策划者和执行者，我更要说声多谢。

最后，小著只是一本纪游，但曾参阅过大量中外有关著作，领益良多。书中的一些观点和看法，相信得益于合作者和同行者的不少启发，无法一一注明，谨申谢忱。

草原之春

草原之夏

草原之秋

草原之冬

# 寻梦　寻历史足迹，圆少年梦想

踏足草原，从小就是萦绕我心底的梦。

20世纪50年代，"蓝蓝的天上白云飘，白云下面马儿跑"，这首旋律优美的《草原上升起不落的太阳》响彻内地，也深深触动了我少年的浪漫情怀。那个年代，《草原情歌》《敖包相会》《掀起你的盖头来》《蒙古牧歌》《蒙古小夜曲》等一首首动人心弦的北方草原民歌，哺育了我们生长在稻香帆影中的南国少年的草原情怀。一个时期，一下子涌现了这么多深入人心、动人心弦的草原民歌，是不难理解的。经过百年苍黄，在满怀憧憬的新年代，音乐家们悠然游走在壮丽锦绣的河山，感受着南船北马的各地风土，激扬情怀，自然会谱写出那些动人的旋律。当然，不同时代，乐坛都会不时创造出悦耳动听的歌颂大高山、大江河、大草原等的歌曲。大天地、大情调、大历史，恢宏壮丽，最易触动人的心弦，让人掬心礼赞。

近三十年，广东珠江三角洲地区，起了千年未有之翻天覆地的变化，令世人瞩目。回顾大半个世纪之前的珠江三角洲，除省会广

《草原上升起不落的太阳》
作词/作曲　美丽其格

蓝蓝的天上白云飘
白云下面马儿跑
挥动鞭儿响四方
百鸟齐飞翔
要是有人来问我
这是什么地方
我就骄傲地告诉他
这是我的家乡
…………

州和个别大市镇以外，大部分地区都是农村，田开阡陌，绝大多数人过的是千百年来细作深耕的传统农村生活。人们一生的活动范围很狭小，离不开方圆二三十公里。广州说是中国的南大门，千年以来已属中外交通的要津和著名的对外城市。然而，近在咫尺的珠江三角洲，传统农村的生活仍然很封闭，能出埠远行的都成了地方上口耳相传的传奇人物。孩提生活在如斯农村的我，踏足千里迢迢的草原，只能是心底的梦。

少年人，总有梦想！少年情怀，总是浪漫！梦想着有一天，骑上骏马，奔驰在天高云低、一望无际的大草原上，豪情快意。

少年情怀，看似不经意，轻飘飘的，留驻心底，却磨灭不了。

20世纪六七十年代，香港的大学校园，至少在我就读的中文大学新亚书院,中西民歌最为流行,弦歌处处。这是一种追求理想、颂赞人文的时代氛围。旋律高亢优美兼而有之,胸怀豪迈而情调浪漫的一些草原民歌的歌声,再次唤起了埋藏心底的少年情怀、少年梦想。

六七十年代的香港,若非少数富贵人家,离港旅游,谈何容易?物质匮乏,生活维艰,是我们成长年代的普遍现象。到郊外新界转悠一天,已属难得。要踏足草原,依然是梦!何况当时内地尚未开放。不像时下,年纪轻轻的,已可以常常踏足中外胜境。

成年之后,随世浮沉,轻飘飘的少年情怀,犹如拴住"梦想"风筝的长线,似断不断。

80年代起,因为从事编辑出版工作,情系中华,四处寻觅有关中华文明的出版题材。为此,二十余年,走动于大江南北。初期,视野所及,总环绕在中原地带。这是很自然的,即使我的专业是中国历史,囿于传统中国历史教育的局限,目光所注,关心所系,自然而然地集中于中原地区的历史。生长于南方边陲的我们,对中原历史文化和地理风貌充满憧憬,从小吟诵历代诗词,潜移默化,中原种种,早已变得熟悉而又向往。然而,蒙古草原却在视野之外,遥远而朦胧。

1984年8月,我在一次"丝绸之路"旅行中,踏足了青海的日月山。这是我头一次来到高山草原。唐代文成公主嫁入吐蕃,即今日的西藏,就是经过了时为唐、蕃分界线的日月山。抵达了日月山,视野开阔,绿草如茵,随着山坡起伏漫漫,一望无际。一下了车,我连跑带滚地冲上草地,在软绵绵的草地上尽情地翻滚,舒坦地躺在草地上,仰望着蓝天白云,贪婪地吸着带有浓浓泥味草香的

骑上骏马奔驰

空气。这次算是跟草原打了个照面，而真正地闯进大草原，还是十年以后的事。

　　头一次到来时的青海湖，完全是大自然的原野风光。站在湖边较远的高地上，目之所及，满眼是蓝的天、白的云、绿的草、黄的花、青的湖，铺天盖地的就是这五块大颜色。层次分明，四面八方地笼罩过来，好像置身于天地间一幅立体泼彩画中。此时此地此景，多先进的摄影机，也无法捕捉和留住如此造化。翻阅当时的旧照片，与留在我脑海中的印象相距实在太远了。这是我一生难以忘怀、永存脑海的一帧大自然风景画。

　　80年代末，日本NHK电视台拍摄了上下两集的《丝绸之路》电视片，电视片连同喜多郎创作的主题曲风靡全球，一时掀起了"丝绸之路"的热潮，也打开了社会大众的历史视野。其间，我曾拟

日月山

青海湖

利用中国内地近几十年来新出土的大量珍贵文物,出版一本丰富多彩的《丝绸之路》画册,以凑凑兴。可惜未果,至今仍引以为出版生涯的一件憾事。事情虽然不成,却开启了我出版的新视野,眼光转向中原之外的其他地域,以寻找新题材。

自古以来,连成一气的欧亚大陆间,交通来往、文化交流的历史远比我们认识和意想到的更久远、更密切,相互间的影响也更深广。历史上亚欧交流的通道,一般人较熟知的,自然是以绿洲串缀起来的"丝绸之路"。至于横亘在欧亚大陆北部的"草原之路",则鲜为大众所知了。在16世纪以前的上万年,甚至更古远,"草原之路"一直是欧亚大陆的大通道,比"丝绸之路"来得更早,在某种程度上,对世界历史的影响更为深远。这是大学时上"中西交通史"课程所留下的认识。至此受《丝绸之路》电视片的启发,豁然省觉,学以致用,遂萌发了要策划出版《草原之路》和《草原文明》两部大图录的念头。设想一经形成,立刻付之行动。自1994年起,为了实现此项计划,持续五六年间,不断跋涉于广阔的内蒙古高原,徜徉于草原、沙漠、森林、海子和湿地的大自然中。终于,圆了少年时的梦,更闯进了另一种陌生的文明。

# 上篇——塞内·塞外

# 跨越长城，奔走朔方

为寻求出版计划上的合作，我于1994年第一次来到内蒙古自治区的首府呼和浩特。完成图录《草原文化》后，随即又启动了电视片《发现草原——成吉思汗崛起的秘密》的制作。在20世纪末的五六年间，除了河套以西的阿拉善旗和额济纳旗尚未踏足外，在不同季节，我几乎跑遍了整个内蒙古地区。出版项目完成后，或参加博物馆五十周年庆典，或组团旅行，也短期到过内蒙古的不同地方。2015年，相隔近二十年，重临了呼伦贝尔大草原和大兴安岭森林。屈指一算，在内蒙古地区各处跑动，前后超过二十个年头了。在中国省区，这样频繁、密切、持续的跑动，在我个人应以内蒙古为最了。

1994年5月，我只身跑到内蒙古呼和浩特。

来到呼和浩特，我先后拜访了内蒙古考古研究所、内蒙古博物馆和内蒙古文物处几个单位。回港后，再通过书信和电话，往来洽谈。最后，得到内蒙古文化厅前厅长赵芳志女士和下属文物处前处长苏俊先生的支持，拍板由文物处、博物馆和考古研究所协作，展开这项出版工程。经合作双方反复推敲，拟定了《草原文明》画册的出版方案。1994年下半年，就开展了实质性的工作。1996年底，花了近两年的时间，画册编辑告成，顺利出版。

初抵内蒙古，与当地朋友交往时发现，他们大碗酒大块肉，性

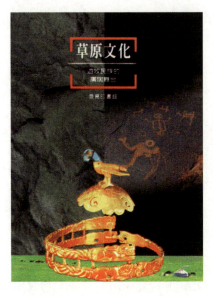 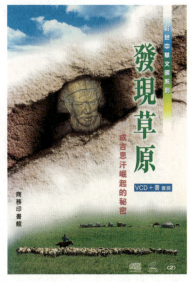

《草原文化》　　　　　　　　　《发现草原——成吉思汗崛起的秘密》

情豪爽率真、不拘小节。跟过往去过的中国其他地方相比，这里给了我完全不一样的感受。此后多年往来，大家更熟悉了，他们多次向我说，称我大块吃肉、大碗斗酒、不拘小节、快人快语，性情不像他们想象中的南方人。我回答说，你们印象中的南方人是文质彬彬的江南人吧！我再打趣，你们是"北狄"，我是"南蛮"，彼此彼此，都是"野蛮人"，大家自然投契。地方走得多了，就会明白：一处水土养一处人，自然环境和传统风俗，会多少影响一个地方人的共同性格。游走四方，观风问俗，最能养人胸怀。我常劝导一些朋友说，孩子，尤其是长于现代大城市的孩子，十岁以后，多带他们走走大山川、跑跑大原野，这能让他们体验到天有多高、地有多宽、风俗有多不同。有这种体验的孩子，成长时的胸襟和视野自然

在蒙古包内接受祝福

在蒙古包内饮酒

会变得开阔。都市人大都偏向自我,走过大山川、大原野,寻了风问过俗,才能领会世界之大、不同社会和文化之多元,才能克服视野短浅、胸怀狭隘、自以为是的偏执。20岁从湘西偏壤走出来,此后一直住在大都市六十多年的近代大作家沈从文先生,爱在文章中说自己是"乡下人"。他这样说,固然有留恋乡土、不忘本的意思,也不无骄傲自己在大山大水中长大、能与大自然共怀抱的用意。

蒙古高原的自然环境,对生活于南方一隅香港的我们,一南一北,太远了,是陌生的。我们习惯称两广与福建以北的,都是北方人,其隔膜可见一斑。至于蒙古草原的历史和文化,即使是念中国历史的我,也朦胧得很。策划出版《草原文化》,只来自一个大概念、大思路。如何具体演绎、结构如何,比之以往策划其他地域和专题的历史文化图册,更让我心中自觉底子不够,只能多仰赖内蒙古各方面的专家学者。但是,如何实现图文并茂、内容取撷适当、编写深入浅出、面向海外读者的出版构想,却是内地学者专家难以把握的。为弥补各自的不足,我们自己除了大量补读有关著作和材料,进行充分的沟通外,还必须一同实地考察,互相交流想法。两年间经数次安排,我们已跑遍了大半个内蒙古地区。《草原文化》出版后,我们再接再厉摄制了电视片《发现草原》。拍摄更要实地体验,随兴感受,为此在草原上,跑得更远更深入了。真想不到,一个迷蒙而带有幻想的少年梦,适逢其会,不仅得以成真,还让蒙古高原成了我在神州大地上跑得最多、体验最深切的地区。

从北京乘飞机到呼市——内地都是这样称呼内蒙古自治区首府呼和浩特的——不到一小时,比从香港飞往厦门或台北的时间还要短些。头几回往返,我倒喜欢乘坐一班晚上六时发车、早上六时抵

正在穿上传统蒙古族服饰。一处水土养一处人,传统风俗会影响当地人的习性,穿上传统蒙古族服饰,更能体验蒙古人的生活

长城好汉。1983年千辛万苦爬上当时尚未开放的古北口长城,成了好汉,背后是峰峦起伏的燕山山脉

达的往来列车。在那些忙得天昏地暗、用度不丰的日子，既节省了时间，节省了金钱，更可以睡足了觉。

到内蒙古之前，总感觉它比中国其他地方来得遥远。1980年夏，初登北京八达岭长城，朝北眺望，峰峦蜿蜒，没有尽头。遥想峰峦之外，应是蒙古大草原，是我们习闻的"塞外之地"。看着，想着，既感遥远，又觉陌生。不像中国其他大部分的地方，虽谓初到贵境，念起一首诗，想起一段历史，就让我们有似曾相识之感。地理知识也提醒我们，北京所见的长城之外，尚在河北省境内。

站上长城，游目骋怀。南向眺望，是华北大平原；北向极目，是绵延不断、峰峦起伏的燕山山脉。历史上的"塞内""塞外""塞上""塞下"，于此一目了然，用不着太多的解说。长城，看似分隔塞内塞外不可逾越的重障；实际上，分隔塞内塞外的，其实是横亘着的燕山山脉。长城只是燕山山脉这道遮断南北的重峦叠嶂上的人为点缀。站在城楼，往南朝北两厢眺望，同是中国大地，不期然熟悉却带着陌生的感觉。

我们这一代人，虽然生长在香港，自小算受过较完整的中国历史和地理教育。"塞外"给我们的印象：地理上，是茫茫的大草原，牛羊牧马遍地，蒙古包星罗棋布；历史上，是秦汉王朝与匈奴长达几百年的抗争，以后是南北朝的五胡乱华、蒙元辽金的入主中原等有数的历史大事，仅此而已。历史和地理的认识，比起中国其他区域仍薄弱得多。"塞外"和"大草原"让我们巷闻街知、留下印象的原因，倒不是正规的历史知识，而是金庸先生的小说《射雕英雄传》《神雕侠侣》以及红线女的粤剧名曲《昭君出塞》。看来，我们对蒙古草原的陌生，不是由于地理上的阻隔，倒是源于历史文化认识上的隔阂。"历史文化"才是认识一个地方、打破人为隔阂的凭借，愚昧与无知往往来自对历史的陌生。

燕山和长城，是地理上"塞内"与"塞外"的分隔，是近万年以来历史上农耕文明和游牧文明兼程并进的分隔线，是几千年来南北共同搏击而成就了中国文明的交汇地。跨越长城和燕山山脉，是超越我们对中国历史文化习见的一道关卡。二十年前，我终于有机会跨越这道关卡。

## "塞外之城"呼和浩特

我前后到过呼市不下二十回，近十年再未踏足过，颇有点怀念。随着内地城市化进程的迅猛发展，相信那里已成为一个现代化的大都市，跟我所认识的呼和浩特，已不是一个模样了。

20世纪90年代初的呼市，说是内蒙古的首府，规模约略只是内地的一个中等城市，风貌也相差不远。"景物不殊"，这是当前中国城市发展中最受人诟病的缺失。人，自有个性，也贵乎有自我风度，城市亦然。令人费解的是大大小小的主事者，不太明白这种道理，盲目攀赶"先进"和"新潮"，进行抄搬，忘掉了自己地方的个性和文化传统，以至于全国城市千篇一律。这二三十年，内地——其实香港亦不遑多让——错过了通过史无前例的规模建设去建构自具文明特色的城市这一千载难逢的机会。一个城市的扩建，不是盖上一两座"标志性"建筑物，安放上一两座有地方色彩的城市标志，就可以充数的。城市规划本身是文明方方面面的创造。这些创造的背后，离不开对当地历史文化的有深度的认识和理解。汉唐的长安、宋代的汴京，甚至蒙元的上都、明清的北京城和扬州等，千百年后，仍然令人神往，也在文明史上留下了不朽的一笔，因为它们承载了独特的文化风貌。到世界各地游览，最让人流连忘返、赞叹不绝的，是各地城市和市镇独特的历史建筑风格和城市风

呼市旧城——归化城北门（孔群摄）

貌，而非千篇一律的现代高楼大厦。

十多年前的呼市，市民的衣着举措与内地城镇无异，无法区别与内地城镇的差异。置身其中，丝毫没有"塞外"的感觉。只有留意到街道、楼房、市招的名号同时蒙汉文字对写，才稍有点不同于内地城市的感觉。90年代，朋友和同事知我到过遥远的呼市，总好奇地询问，草原城市风貌如何？我总是回答说，不要说草原，在呼市内，连大片草地我都未见过。问者愕然不解，我也无法解说。今年刚去过内蒙古另一大城市包头，整个城市林木荫翳，而中心区竟保留了一片水草丰盛的广阔密林草地，导游说包头是亚洲最大的草原城市。

呼和浩特市内胜迹——将军衙署（孔群摄）

内蒙古博物馆（孔群摄）。此中雪景，让我想起天寒地冻时在铺满雪的街头吃烤番薯作早餐的情景

## "塞外之城"呼和浩特

"呼和浩特"在蒙古语中是"青色之城"的意思。呼和浩特位于著名的阴山山脉中段——称为"大青山"——之南,大、小黑河以北的土默川平原上。几百年之前尚是树荫掩城;亦有人说,其时呼和浩特的城墙和房屋都是用青砖建成的,因而有"青色之城"的美称。想象一下,连片青砖、绿荫环城,会是多么美丽的一座城市,真是不在江南,胜似江南了。呼和浩特因地理优越和水草丰美,建城已有悠久的历史。历史上所称的"丰州"和"归化城",就是它的前身。现在留下的旧城痕迹,是在元末明初统一了漠南的、成吉思汗第十八代孙俺答汗与其夫人三娘子的主持下兴建起来的。建城,是人类一种可歌可泣、让人动容的历史篇章,也是文明进程的里程碑。呼和浩特的冒起,是河套以北、阴山之南,气候宜居、农牧并茂、物产丰盛的广袤地区,经过几千年南北东西不同军事势力起伏的争持、农牧文明交替进退的历史演进而形成的。到了15世纪,这里已发展成为以农业定居和工商业为主的城市,愈往后,愈城郭化了。元朝时来自威尼斯的马可·波罗,在《马可·波罗行纪》中记载当时丰州的情形说:"州人并用驼毛制毡甚多……并恃畜牧、务农为生,亦微作工商。"明代大地理学家顾祖禹在他的名著《读史方舆纪要》的大同府"青山"条中这样描绘道:"南至边墙,北至青山,东至威宁海(今内蒙古黄旗海),西至黄河岸,南北四百里,东西千余里,一望平川,无山陂溪涧之险,耕种市廛,花柳蔬圃,与中国无异。"这些都说明呼和浩特地区当时已成为综合性的经济城市。这是南北民族、农牧文明,经几千年搏融而成一体的历史活现场。

原城经明、清的拆建,再经近现代的崩塌破坏,旧城面貌已无复存在。但市内保留尚好的胜迹，如辽白塔、五塔、公主府、将军府、大小召等，仍可游赏，供我们在历史仅有的遗留中，领略不同时代的风貌。这也是中外大多数古都市与旧城镇的共同命运。能留下较完整的旧城市镇，不管中外，都分外珍贵。

初抵呼和浩特，让我最动情的，倒是我所住的、当时仅有的现代式酒店——"昭君酒店"。也只有在呼市，名副其实用得上这个名字。推开住房窗户北眺，可以见到阴山山脉若隐若现。李昂的"阴山瀚海千万里"（《从军行》）、刘长卿的"骄虏乘秋下蓟门，阴山日夕烟尘昏"（《疲兵篇》），以至张仲素的"休傍阴山更射雕"（《塞下曲五首》其一）等场面，不期然从脑海中蹦跳而出。被誉为唐代最出色的边塞诗人的王昌龄的"秦时明月汉时关，万里长征人未还。但使龙城飞将在，不教胡马度阴山"（《出塞》）更是冲口而出。原来自己已身处古代的"塞外"，挨近了阴山。"边塞诗"是中国历代诗词的一大主题。为数不少的边塞诗，都提及"阴山"，"阴山"成了"边塞"的代名词。这地名，对于我们，既熟悉，又那么遥远而陌生。

那时候，走在呼市"新华"和"东风"两条主干道上，不管远近，举头就可以见到一座建筑物，顶上矗立着一匹昂首蓄势飞驰的白马塑像，这就是内蒙古博物馆。要是来到呼和浩特，不管怎样忙，内蒙古博物馆也是绝对不可错过的地方。尽管参观过中外很多博物馆，内蒙古博物馆总会让我有不同的感受、意想外的收获。馆内有三大主题：远古生物馆、草原历史文化馆、民族文化馆，经精心设计，丰富而浓缩地展示了蒙古高原的古地貌古生物、历史文化和民族风情，足以让我们去感受陌生的塞外风情和草原文化了。一件战

鹰形金冠。战国时期墓葬出土文物,估计是匈奴王的金冠。冠顶作半球面形,花瓣状,上面有一只展翅的雄鹰,头和颈的材料是绿松石。额圈有伏虎、卧羊和卧马的浮雕,充分反映出游牧民族王者的价值观

国时代的金光灿烂的鹰形金冠,看了就让人激动——这原来是一个匈奴王的金冠。凶奴曾经煊赫一时,后来却在历史上销声匿迹,这些文物令看似神秘而虚幻的匈奴历史,霎时就变得实在了。

# 阴山下，河套边

　　敕勒川，阴山下，
　　天似穹庐，笼盖四野。
　　天苍苍，野茫茫，
　　风吹草低见牛羊。

　　这首在五胡十六国时期出现的《敕勒歌》，文字简浅，朴实无华，宛如天籁，是草原牧歌中的千古绝唱。

　　诗歌描绘的，正是阴山山脉中段——大青山的南面，以呼和浩特为中心的、河套边的土默川平原。北魏分裂后，北朝各代、各族战争频繁。土默川平原是他们之间必然争夺的主要战场，烽烟不绝。生长于斯而建立了东魏的高欢，目睹故乡的荒凉景象，曾与臣下斛律金唱和此诗。诗歌原意是感慨经过长久战乱，草原一片荒凉的景象，而非后来大多数人理解的草牧茂盛的情境。

　　阴山与敕勒川，是分隔漠南与漠北的一道险要。即使到了宋朝，宋大臣刘敞出使辽国，途经阴山，用诗描述所见，说："阴山天下险，鸟道上棱层。抱石千年树，悬崖万丈冰。"（《阴山》）

　　阴山下，河套边的土默川平原，自然环境优越，水土丰美，是宜农宜牧的天然沃野。

《汉书·匈奴传》就描述说：

> 东西千余里，草木茂盛，多禽兽，本冒顿单于（匈奴首领）依阻其中……是其苑囿。

《新唐书·突厥传》也这样记载：

> 南大河（指黄河）、北白道（指阴山通上蒙古高原的峪谷重要通道），畜牧广衍，龙荒之最壤。

冒顿时的匈奴和唐代的突厥，都是欧亚草原上最强大的游牧部落联盟。史书如此的描述，如实地反映了历代游牧民族之视土默川平原为风水宝地。

呼和浩特位于土默川平原的中央略偏东北的位置。二十年前，走出呼和浩特市区，不管往东南西北哪个方向走，穿过散布着新建的工厂和大厦林立的市郊后，都是一大片一大片的田野。春夏之间，田垄长着各色庄稼，一派江南田园的模样，见不着一点儿草原风貌。带着对《敕勒歌》描述景象的期待，来到这里，或许大失所望。我们有时读书不细心，容易人云亦云。试想一下，牛羊埋在草丛中间，露不出来，那该是多高密的草原？何况蒙古高原在地理上属于"干地草原"或称为"短草草原"，草不会长得如此高密的。几十年前珠江三角洲基围中的咸水草田，或河涌边盛长的咸水草丛，长得就这么高密。但是咸水草牛不大吃，羊更不会吃，只能晒干后用来编织草席和当作缚扎用绳。用不着过早失望，蒙古草原另有水草丰美的地方。何况我们踏足的土默川这地方，千百年来已日趋农耕化和城市化，是中国几千年来热闹之极的历史舞台，是认识中国历史全貌不能不到的地方。能来到这里，也愿意了解下历史，这不啻为我们上一堂实地的历史课。

　　离开了对地理环境的理解，是无法真正认识历史的，亦不可能游好地方，因为太浮光掠影了。这是我几十年来奉行"行走学历史"的体会。摊开中国地图，在正北方黄河沿线有"几"字形的一个大曲湾。几字顶部的内外两岸，就是著名的河套地带。东部的前套平原就是土默川平原。土默川平原的北部，横亘着阴山山脉。阴山山脉全长约1000公里，南北宽约50公里至100公里。阴山说是山脉，其北坡紧贴蒙古高原，可以说是与广阔的蒙古高原紧紧接连在一起。我走过阴山通向蒙古高原的白道岭，并不难走。阴山山脉的山势向东南倾斜，东南支脉渐与燕山山脉和兴安岭山脉在南端相接。西北部连接了贺兰山。岳飞《满江红》中所吟咏的"踏破贺兰山阙"的贺兰山，现在是游览甘肃、秦长城和西夏王朝的古迹胜景。阴山向南，再与鄂尔多斯高原相接。这样一加描述，宽广的土默川平原，周围形胜，宛如一张中国古老的座椅。北面是阴山中段的大青山，与蒙古高原相连为高靠，左右的兴安岭与贺兰山如把手回抱。大青山和蒙古高原有如一座硕大无比的天然屏风，挡住了秋冬飒飒南吹的朔风。土默川平原上有大黑河、小黑河和什拉乌素河流过，并自东北向西南汇入黄河。

　　呼和浩特位于土默川平原的东北角，内蒙古另一大城市包头市则位于土默川的正西。

　　现在我们走在大青山西段的土默川平原，往南眺望，田畴间隐

内蒙古与山西隔黄河相望的河曲

山西偏关老牛湾,长城与黄河交会之地

黄河流经包头市

土默川平原。在黄河河套以北,崇山峻岭之下,竟有一片绿洲。在这片大平原的北面是大青山,南面是黄河,既有天险可守,又有沃土供养,难怪是数千年来南北攻防战的主要舞台

约可以见到黄河。过了包头市往南到鄂尔多斯高原,要渡过黄河。作为中原文明摇篮的黄河,与长久以来被目为塞外绝域的阴山,竟相对而望。未曾来过,仅靠记载和地图,真难想象。不过,现在的黄河水不再滔滔,架上过河的大桥,已无天堑之感了。旅游古迹胜景,最好怀抱几分思古的幽情,读点历史,自然会萌发出思古的幽情。俗语说沧海桑田,几千年、几百年的递变,要保持原貌,太不可能了。在阴山下、河套边,走上一趟,历史的灵光霎时闪动,豁然就会明白,在过去的几千年,这里何以会成为人声鼎沸的历史舞台。

从传说时代到商、西周、春秋时期,在黄河流域中游即中原地区,以农业文明发展起来且日益壮大的华夏民族的北部周围,同时活跃着不同于农业文明的游牧部落和民族。这些在华夏地区北疆的部落和民族,在历史上有着不同的称呼,如鬼方、獯鬻、猃狁、山戎、北狄和后来大家熟知的匈奴、鲜卑、突厥等。长期以来,农牧民族不是划然而居的。而是在黄河两岸互为进退,交错而居,共饮黄河水。《诗经·小雅》有一首很有名的诗《采薇》,内中说道:

靡室靡家,猃狁之故;不遑启居,猃狁之故。

诗的背景正是《汉书·匈奴传》所载:

懿王(周朝)时,王室遂衰,戎狄交侵,暴虐中国,中国被其苦,诗人始作,疾而歌之。

说的就是公元前10世纪，北方游牧部落侵扰中原地区，引致纷乱的情况。诗中说的猃狁，乃春秋时期的北狄，战国秦汉时期的匈奴。到中原地区秦汉帝国的出现，北方的草原也出现最早统合整个亚洲草原的匈奴帝国。匈奴帝国的根据地，主要就在土默川平原。南边有黄河天堑，北边有阴山天障，"以为塞而与秦汉相对峙"（《后汉书·西羌传》）。自此南北两种文明展开了长达两千多年的激烈的攻防战。阴山下，河套边，就是其中最重要的战场。

# 农牧文明攻防战主舞台：土默川平原

几千年来，广阔的土默川平原，既是气候和煦、农牧丰盛的家园，同时，又是烽火连天、刀光剑影的战场。因为，这里是南方中原王朝和北方游牧部落的天然攻防线的中心地带。

中原历代王朝，要抵御不断来自北方的游牧民族的掠劫侵凌，必然要渡过黄河，据有土默川平原以为防线。进而逾越阴山，北向挺进大漠，要"不教胡马度阴山"（王昌龄《出塞》）。秦代如此，汉代如此，唐代如此，元、明、清亦如此。反过来，北方游牧民族一经统合了蒙古高原诸部落，也无不先占据土默川平原为基地，再南下掳掠和逐鹿中原。这种趋势，匈奴发其端，鲜卑继其后，突厥、契丹、女真、蒙古等接其踵，历代相袭，如出一辙。土默川平原对处于苦寒的北方游牧民族的重要性，史著屡屡道及。曾经因为阴山的失守，匈奴"单于每近沙场猎，南望阴山哭始回"（李益《拂云堆》）。拓跋鲜卑虽然在中原建立起北魏王朝，与南朝刘宋峙立。但随时准备"若兵来不止，且还阴山避之"（司马光《资治通鉴·宋纪》）。隋唐时期，突厥崛兴，控弦百余万。遂会有"高视阴山，有轻中夏之志"（《旧唐书·突厥传》）。简单的几句，已可勾勒出阴山下，土默川对游牧民族的重要性。几千年来，阴山河套间的土默川平原，一直争战不绝，吊诡的是，却又是不同民族和文化互相渗透融合的历史熔炉。

近几十年来，考古学家在大青山和土默川平原陆续发掘了大量的历代堡寨、古城和各种地下文物。结合了历代史著的记载，基本能勾勒出目下一片祥和、宛如江南的地方，两千年来，金戈铁马、厮杀声隆隆的攻防前线的形势。对我们来说，学术的论述太专门了，未免枯燥。还是让我们念念历代诗人留下的一些诗词，会更有感受。虽然往事如烟，栩栩如生的文采仍然令人感受到千百年历史在这里的跃动。如"阴山日夕烟尘昏"（刘长卿《疲兵篇》）、"嘶笳振地响，吹角沸天声"（孔稚珪《白马篇》），又如"三军大呼阴山动，虏塞兵气连云屯"（岑参《轮台歌奉送封大夫出师西征》），再是"汉家旌帜满阴山，不遗胡儿匹马还"（戴叔伦《塞上曲》其二），等等，都能让我们不难感受到当时战争激烈的场景。

历史上，两千年来为我们熟悉的一些重要战役，不少就是在这里发生；我们膜拜不已的赫赫名将，也有不少曾在这里建勋立业。

战国时期，赵武灵王"胡服骑射"，将林胡和楼烦从今天的山西西北部地区，驱逐到大青山以南，再在阴山下的土默川，经过连场大战，终将林胡和楼烦赶出阴山以外。从此，阴山以南归属赵国，并建立了原阳、安阳、九原和云中等军事要塞，又筑起属最早出现的长城之一的"赵长城"。赵长城东起代郡（郡治在今河北蔚县），中经山西北部，西达阴山山脉最西处的高阙塞（今巴彦淖尔北二郎山口），长达千里。

这里，又是秦、汉两代王朝，与北方蒙古高原最早出现的草原大帝国——匈奴——展开长达几百年的对峙并进行频繁战争的前沿阵地。

秦朝名将蒙恬率领三十万大军，北到河套，直抵阴山，驱逐匈奴。秦始皇设立九原郡，连接起燕赵旧长城，构筑了西起今甘肃临洮，过阴山，东到辽东的"万里长城"。秦的长城是在河套以北，越过了土默川和阴山山脉。

西汉时期，尤其是汉武帝统治的五十余年间，以卫青为主帅，率领飞将军李广，青年将军霍去病，以及公孙敖、公孙贺、赵信等一代名将，屡向匈奴做出反击。对匈奴反击战中，大规模的出击共计有七次，其中经云中郡、定襄郡、雁门郡出击的就有四次。这是南北政权的军事对抗，是以土默川平原为中心的中路。由中路出击的，目标都是匈奴的主力。为容易理解，这里花点笔墨去描述南北长期对峙的地理形势，让我们有个完整的印象。

史前情况说不清楚，但自战国以后的两千多年，或是北边游牧民族南下侵扰，或是南方中原王朝北上反击，军事对峙，主要分左中右三路。左路主要在张掖郡、武威郡一带；中路在朔方郡、五原郡、云中郡、定襄郡、雁门郡、代郡等地区；右路大概是在辽西郡与辽东郡附近一带。秦、汉时的匈奴，隋、唐时的突厥，他们的军事领地布局，亦以左中右划分。大体与中原王朝的左中右路军事部署相对称。中原王朝中心是在河洛，而游牧部族的王庭时在土默川，时在蒙古高原大漠以北燕然山一带称为"龙城"（龙庭）的地方。

> 旦辞爷娘去，暮宿黄河边，不闻爷娘唤女声，但闻黄河流水鸣溅溅。旦辞黄河去，暮至黑山头，不闻爷娘唤女声，但闻燕山胡骑鸣啾啾。

这是我们自少谙熟的《木兰辞》中的一段文辞。《木兰辞》的历史背景，是南北朝时的北魏，出兵讨伐从北方入侵的柔然（又称蠕蠕）。女英雄花木兰女扮男装，代父从军，成就了一段传奇故事。以上的文辞，是描述花木兰转战河套的黄河边，再北上行军到黑山头的情景。黑山头即现今的杀虎山，距今日呼和浩特东南约百里的地方，在阿拉汉巴山黑河附近。

　　往后，在土默川和阴山下，隋朝名将李充、唐朝名将李靖和李勣，都曾与欧亚草原盛极一时的大草原帝国突厥发生过大规模的会战，并出击塞北大漠。此后的历代王朝，也多在这一地区留下战争的史迹。数风流人物，俱往矣。此地更留下让后人歌颂、凭吊不已的"青冢"昭君墓和三娘子的"美岱召"。

# 土默川平原历史两女性：王昭君与三娘子

## 独留青冢向黄昏

广东粤剧名伶红线女的传世名曲《昭君出塞》，让王昭君在广东、港澳地区，甚至海外，成了一位家喻户晓的历史女性，也塑造了王昭君深入人心的"琵琶独抱"的形象。我们在香港长大受过高中教育的这一代，对王昭君的认识，并非来自历史教科书，而是来自语文课本的王安石《明妃曲》。特别要强调我们这一代，因其后香港的中学语文，在教育理念和课文安排上已改弦易辙，在文学教育认识上亦大异其趣，不少名篇都给废弃掉了。千百年来，在中国的文学作品中，出现频率最高的历史人物，应该是王昭君和诸葛亮了。

历史上，"和亲"是中原王朝对周遭民族的一种外交政策。以"和亲"而声名昭著的，王昭君外，前有先于王昭君七十多年、汉武帝元封年间的乌孙公主（江都公主刘细君），后有晚于王昭君670多年、唐太宗贞观年间远嫁吐蕃赞普的文成公主。三人各有故事，在历史上都曾促进汉民族与不同民族间的和睦相处，以臻和平，让双方民众得以安居乐业，做出很大的贡献。王昭君出塞的故事，《汉

昭君出塞题材的邮票

书·元帝纪》和《汉书·匈奴传》都有记载,甚简略,不如乌孙公主和文成公主的记载详细,但故事的内情却让人更有兴趣。加上晋代时葛洪所撰的《西京杂记》,有一段关于昭君出塞的传说,涉及元帝内庭的选妃以及宫廷官员的贪贿,情节较曲折,虽是片言只语,涉及的有君王元帝、内庭人事以及王昭君的心志、容貌行止,绘影绘声。几千年来的王朝帝国,宫廷之内,权力人事的交织,贤与不肖的纠缠,既神秘又曲折,最引人入胜,再涉及宫廷以外的政治,那更复杂了。不要说过往,当前,"宫廷剧"仍是影视历久不衰的题材,中外皆然,古今犹一。何况史著关于王昭君出塞的记载,仅存其大梗,留给后人许多可想象的故事空间。好事者更添油加醋,随意造弄,以玄奇惑人。即便是严肃的文学作品,也总带有创作的成分,王昭君事迹既留下可以推想的情节,亦最能让文人墨

土默川平原历史两女性：王昭君与三娘子

在昭君墓前与苏处长合照

客、怀抱家国的士大夫借题发挥，敷衍自己欲申说的故事，以文学创作"浇个人块垒"。"昭君出塞"就成了中国文学上不同时代、不同声音的永恒文学创作题材。

到了内蒙古，"昭君墓"就成了"发思古之幽情"和作为"历史凭吊"不可不去的历史遗迹。"发思古之幽情"与"历史凭吊"，是人们与生俱来的一种历史意识，这种历史意识是构成人类"人文精神"不可或缺的元素，离开了历史意识，就无法去发扬"人文精神"。当前社会"人文精神"的衰颓，与历史意识的缺失大有关系。

昭君墓位于呼和浩特往南大概20公里处，大黑河南岸的土默川平原上。昭君墓也是内蒙古地区较早开发的旅游景点。一些著名的历史遗址，作为景点，其知名度时常超越所在地区，旅行者往往是向往某个历史遗迹，专程而往的。内蒙古地区的情况也如此。除

55

了专家学者或内蒙古自治区的民众外，其他地方的民众对蒙古草原的历史和草原文明，鲜有认知。专程旅行者或顺道到内蒙古的，出于旅行参观的目的，大都冲着成吉思汗陵和昭君墓而来，其他景点顺带去去而已。土默川平原不乏历史上的重要遗址，可以增进我们对蒙古高原的历史的认识，可惜一般人兴趣不大。王昭君墓与成吉思汗陵，虽不一定是埋葬他们真身的地方，愿意参观凭吊的人反而最多。看来人们对历史的兴趣，还是以感性居多。

关于王昭君墓，有不少美丽的传说。谓每到深秋，在一片枯黄的土地上，昭君墓周遭依然黛绿如茵，因此冠以"青冢"之名。除了呼和浩特地区的"青冢"外，大青山南麓还有十几座"昭君坟"，详细原因一言难尽，也难以究述，重要的是正反映了长久以来，当地的各族民众对这位汉族女子的敬佩和悼念之情。

历代中原王朝，处于弱势时，"和亲"以作怀柔，处于盛世时，"和亲"以求敦睦。汉武帝、汉元帝和唐太宗之时，都属盛世，乌孙公主、王昭君和文成公主的"和亲"，自属敦睦性质。汉到隋唐，嫁到塞外史载有名姓的，如汉代的解忧公主，隋代的安义公主和义成公主，唐代嫁到回纥的大小宁国公主、咸安公主等，不下几十人。汉、唐等朝代而外，以至最后一个王朝清朝，都有不同性质的"和亲"。其实"和亲"这回事，不仅见诸中原王朝与周遭的不同民族，历代少数民族之间也屡见不鲜。甚至在历史上，欧亚大陆著名的王朝如波斯帝国、罗马帝国等，与周遭民族国家之间都存在过不同形式的"和亲"，目的与华夏中原王朝则一，不外乎"输诚""怀柔""笼络"和"敦睦"。

自汉高祖"平城之围"后，"和亲"是汉初朝廷常见的对付匈奴的策略。武帝元封年间,由原来盘踞在甘肃河西走廊,受匈奴压迫西迁至今日新疆伊犁河流域的乌孙王猎骄靡王,就娶了汉朝江都公主。江都公主初至乌孙,身处大异于中原的风貌和生活习惯中,感触万千,留下了一首动人的《黄鹄歌》(又名《乌孙公主歌》),歌曰:

> 吾家嫁我兮天一方,远托异国兮乌孙王。
> 穹庐为室兮旃为墙,以肉为食兮酪为浆。
> 居常土思兮心内伤,愿为黄鹄兮归故乡。

乌孙公主这首诗歌,不仅是众多出塞公主中唯一一首自白心迹的作品,也是来自中原的人们最早留下的描画草原游牧生活实貌的文学作品。其后,翁归靡王又娶了汉朝解忧公主。这两次的汉、乌和亲,不仅推动了乌孙经济文化的飞跃发展,事实上也促成了汉室与乌孙联军夹击匈奴。这是称霸蒙古高原几百年的匈奴终趋衰败的重要因素。公元前57年匈奴贵族分裂,郅支单于获胜据有漠北。呼韩邪单于南下归汉并请求和亲。昭君就是汉元帝竟宁元年应呼韩邪单于之请而远嫁塞外的。

王昭君,南郡秭归人(今湖北宜昌),与战国时代楚国的爱国诗人屈原为同乡。据《后汉书·南匈奴传》的记载,昭君为"良家子",被纳入元帝后宫待诏。王昭君貌美、聪慧而有见识。入宫多年,因不肯贿赂毛延寿,久久未得皇帝召幸。闻呼韩邪第三次入汉廷求美人为阏氏,毅然自"请掖庭令求行",得元帝批准。王昭君和呼韩邪临行时,汉廷举行隆重的送别仪式。昭君现身仪式,仪容行止,艳惊四座。元帝以嫱赐之,并号为"宁胡阏氏",谓是可使

"单于天降"和"单于和亲"瓦当

匈奴得以安宁的王后的意思。"昭君出塞"之对汉朝廷和匈奴双方都是大事。王昭君一生固不负"宁胡阏氏"之名,她的两个女儿及其女婿,数十年承昭君之志,致力维持汉匈之间的友好关系。由于她的出塞,几十年"边城晏闭,牛马布野,三世无犬吠之警,黎庶亡干戈之役"。

东汉初年匈奴分裂成南北两部,呼韩邪单于后裔日逐王率四万多人南下定居河套,称为"南匈奴"。其后联汉讨伐北匈奴。北匈奴战败西走入中亚和欧洲草原,大漠的匈奴帝国至此瓦解。西汉晚期的墓葬中出土了刻有"单于和亲"与"单于和亲,千秋万岁,安乐未央"的四字砖和十二字砖,就是当时人民为纪念和亲而精心制作的遗物。

历代留下关于王昭君的文学作品千百计,各有宏旨。以下三首诗,大体可代表历代对昭君出塞的三种主要的不同评价。

杜甫《咏怀古迹》其三是悲悯王昭君出塞命运的:

群山万壑赴荆门,生长明妃尚有村。

一去紫台连朔漠，独留青冢向黄昏。
画图省识春风面，环佩空归夜月魂。
千载琵琶作胡语，分明怨恨此中论。

与之相反，唐人张仲素的一首五言诗《王昭君》，却颂赞王昭君出塞和亲、安定边壤的贡献，诗曰：

仙娥今下嫁，骄子自同和。
剑戟归田尽，牛羊绕塞多。

至于现今昭君墓前竖立的1963年董必武写的诗碑，又是另一种见解！

昭君自有千秋在，胡汉和亲见识高。
词客各抒胸臆懑，舞文弄墨总徒劳。

## 女中丈夫三娘子

现今的呼和浩特，是经历代演进、扩展而形成的城市。原建于明代的"呼和浩特"旧城，明朝赐名为"归化城"，早已破坏荒弃了。现在城内的规模宏大的藏传佛寺"大召"和城外远郊的"美岱召"，是与旧城初建约略同时的建筑的仅存遗物。硕果仅存的"大召"和

大召寺是内蒙古呼和浩特市内遗留下来的少数历史胜迹之一。大召寺内有不少建筑物，图为银佛殿

"美岱召"这两座旧建筑，与一位为后世人歌颂的蒙古族女性三娘子是颇有关系的。在中国历史上的名声与社会大众的认知上，三娘子虽远不如王昭君，年代亦比王昭君晚得多，但在中原与塞外，汉、蒙等民族敦睦的中国历史大课题上，她的功勋不在王昭君之下。

历史是回环曲折、错综复杂的，不容易三言两语交代清楚。如果不做些历史背景的陈说，就不容易明白。忽必烈建立的大元王朝，统治不到一百年，即由朱元璋所建立的明朝所取代，蒙古族人撤回蒙古高原。北撤后的蒙古贵族分裂成多个部落，一方面与明王朝持续地相互攻伐侵扰，另一方面部落之间彼此倾轧，争战不断。这样的局面断断续续地维持了二百年。约在明宪宗成化时期，一位忽必烈后裔，被后世誉为达延汗的东部蒙古人首领，即汗位。他前后主政达七十年，基本统一了蒙古草原各部，并重新建立蒙古高原的秩序。亦由他开始，开辟了与明朝通贡互市的新局面。达延汗去世，蒙古各部再次分裂，到其孙俺答汗夺得汗位，再次统一了分割的蒙古各部。重新统一了蒙古高原的俺答汗，对明朝采取了主动和好的政策。在明穆宗隆庆五年，俺答汗与明朝达成协议，实行互市。明万历年间，俺答汗受明朝廷封为"顺义王"。在明、蒙谈判互市的过程中，俺答汗的年轻妻子三娘子，起了积极的推动作用。

三娘子，名金钟，二十岁时嫁给了俺答汗，时俺答汗已六十三岁。据说三娘子姿容美貌，长歌善舞，通晓文墨，精于骑射，且明晓事理，善谋能断。她与俺答汗成婚后，亲自统领一万人的军队，是位女中豪杰。因而，在俺答汗有生之年，倚之甚重。

俺答汗受封为"顺义王"后，在土默川位靠着大青山，建设了第一座城寺"灵觉寺"，就是现今"美岱召"（美岱即蒙古语"弥勒"，召为藏语"寺庙"）的前身。美岱召原是俺答汗的官邸。他晚年笃信藏传佛教，在城内修了寺庙。美岱召遂合城堡、寺庙、邸宅为一体，功能特别。建筑形式又集蒙、汉、藏风格于一炉，是三族文化共融的时代产物。经过了四百多年的岁月，现今的美岱召建筑群基本保存完整，难能可贵。不说别的，召内保存下来的描述三娘子生活事迹的壁画，特别珍贵。四百年前的历史在这里凝固，是当时这里蒙古族人生活的风情画卷。

现今美岱召林木参天、绿荫环绕，宛如江南的大庙宇，环境优美。内蒙古文化厅的赵厅长，见我打心头喜欢这个地方的静穆，多次打趣地说："你老是忙，不如图册完成后，寄寓召内一头两三个月，专心写作。"打趣只能是打趣，在那工作热火朝天的日子里，

美岱召（孔群摄）

悠悠林下，归读我书，谈何容易。

  在一次远赴成吉思汗陵的归途中，赶不及回到呼和浩特市内晚饭，承蒙大召博物馆副馆长临时设便饭款待我们。在大召的这顿饭，至今难忘。难忘的不在饭菜，而是一顿酒。饭菜是家常饭菜，在疲累饥渴的时候，家常饭菜已惬意极了。副馆长虽是女士，言行举止煞是豪迈。既然饥累交迫，一开席上坐，见有饮料就要喝。副馆长连忙打住，说饭菜前，要求大家不要吃不要喝，先来三杯白酒，说这是与她共餐的习惯，而且补充说，喝过这三杯后，再喝与不喝，悉听尊便。在内蒙古地区要么不喝酒，如喝酒，不醉不归，哪有喝过三杯酒，可以作罢的？听说后，心中感觉这位副馆长挺开明的。

美岱召内景（孔群摄）

再一看，刚摆上面前的，原来是每人三大茶杯的白酒。对她来说，或许是"晚得酒中趣，三杯时畅然"（文徵明《饮酒》），也是待客之道。尚算能喝的我，空着肚子，先来三茶杯高度白酒，如何了得。说着，打趣着，好不容易喝完了一杯，还有余下的两大杯，如喝下去，准会醉倒。这位副馆长，见我面有犹豫之色，想到我到底是来自南方的客人，便放我一马，独自为我喝下另二杯。连同她自己的三杯，好家伙，接连喝了五大茶杯的白酒，真骇人，而且是空腹的。本人几十年在国内外的饮酒经历中，这样的饮法，算是头一回见。所以在内蒙古说到饮酒，这次"大召之役"，印象也是够深刻的。

俺答汗其后再得三娘子的襄助，明万历九年，在大青山之南、

大雄宝殿壁画。殿西壁是一组蒙古族供养人群像。最珍贵的是北侧一位头戴皮沿帽、身着皮领对襟袍服的老妇人,颜面丰满,表情雍容,端坐在木几上,这就是年老时的三娘子

土默川平原之上,建起了一座宏伟的城池。可惜这宏伟的塞外城市在明崇祯年间,为新崛起的清朝皇太极西征蒙古察哈尔部时,彻底焚毁,仅留下了"大召",让人参观凭吊。

三娘子终其一生,在历史上最值得称许的,是致力推进明、蒙的友好,让两地人民享受了几十年的太平。她的努力也促进了蒙古地区文化、经济的发展。历史可以证明,中外古今,寻衅挑拨、引发事端、惹起冲突战争的多,甚至成为了历史的常态。能互忍互谅、维持和平、抑止争斗,让人民得以安居乐业,却需要不凡的勇气和智慧,历史上也罕见。

三娘子与俺答汗结婚后的第二年,在她积极的协助下,达成了明、蒙互市的协议,结束了二者逾两百年断断续续的战争状态。自此明、蒙每年春秋各互市一次,除贸易以外,双方官员、百姓往还

酬酢，举办各种活动，热闹非常。明朝的穆文熙就曾写了一首咏三娘子的诗，生动地描述了三娘子与俺答汗游览互市时的风采：

  少小胡姬学汉装，满身貂锦压明珰。
  金鞭骄踏桃花马，共逐单于入市场。

明大学士高拱在《伏戎纪事》中感慨地说：

  数月之间，三陲晏然，曾无一尘之扰。边民释戈而荷锄，关城熄烽而安枕，此自古希觏之事，而今有之。

阴山下的土默川，这种两千年来农牧民族在相攘共融中的发展，是中国几千年北方边塞历史的写照。

边塞诗虽以征战题材为多，但历代也有不少反映了边塞双方人民之间生活共融的情景。试选些另类的边塞诗，让读者体会一下。

唐张籍的《陇头行》：

  陇头路断人不行，胡骑夜入凉州城。
  汉兵处处格斗死，一朝尽没陇西地。
  驱我边人胡中去，散放牛羊食禾黍。
  去年中国养子孙，今着毡裘学胡语。
  谁能更使李轻车，收取凉州入汉家。

唐王建的《凉州行》：

凉州四边沙皓皓，汉家无人开旧道。
边头州县尽胡兵，将军别筑防秋城。
万里人家皆已没，年年旄节发西京。
多来中国收妇女，一半生男为汉语。
蕃人旧日不耕犁，相学如今种禾黍。
驱羊亦着锦为衣，为惜毡裘防斗时。
养蚕缫茧成匹帛，那堪绕帐作旌旗。
城头山鸡鸣角角，洛阳家家学胡乐。

唐崔颢的《雁门胡人歌》：

高山代郡接东燕，雁门胡人家近边。
解放胡鹰逐塞鸟，能将代马猎秋田。
山头野火寒多烧，雨里孤峰湿作烟。
闻道辽西无斗战，时时醉向酒家眠。

俺答汗死后，三娘子名为辅政继位的二王，实质上仍然掌政，并以其才能和威望，得明朝册封为"忠顺夫人"，并受大力支持。在她主政的二十年间，不仅长期维持明、蒙边境的安宁，其间又不断吸纳山西等地大量汉人，建设城池殿宇，发展商贸和手工业，大力开垦农田，使土默川成为一方乐土。她的一生，备受蒙、汉各族民众的尊崇。美岱召之所以能完好地保存下来，或许是历朝各族对她倍加尊重的结果。

# 长城内外：两千年万里长城的历史舞台

"万里长城"，是人类在地球上创造的一道建筑奇观。时至今日，它仍然是地球上最宏大的人为"多维工程"。

登上最为人熟知、最热门的长城旅游景点——北京附近的"八达岭"，我们无不为其气势所震撼。险峻高耸，绵延不断，雄伟壮丽；不同季节，不同天气，不同时分，在大自然环境的映衬之下，婀娜多姿，气象万千。这就是"万里长城"给人的观感。

"万里长城"，无论在建筑工程、历史意义和人文景观上，都颇具内涵。何以说"万里长城"是人类地球上罕见的"多维"建筑？时间上来看，建筑时间前后持续达两千年；直线去计算，东西长达近万里，加上多重长城的建筑，长逾两万里；中国版图广阔，经纬跨度大，地貌复杂多变，长城的走向，不啻是中国地貌的一道大自然分界线；从历史去看，长城又是几千年来中原汉民族与蒙古高原各少数民族、农业文明与游牧文明之间的一道相攘的攻防线、相融的前沿地，是理解中国几千年历史发展的重要脉络。

我虽然未专程完整地走上一趟"万里长城"。几十年来，却有机缘从东到西，攀登过长城不少重要的地段及关隘。

纪游既说蒙古高原，长城是绕不开的。阴山下、河套间的土默川平原，是长城这道南北攻防线的中心舞台。其实，绵延近万里，

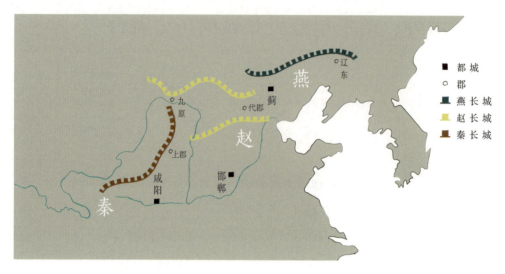

赵、燕、秦长城图

多重立体组合的长城攻防线,从东到西分布着大大小小的历史舞台。每个舞台,都有其不可磨灭的历史。长城的建筑历史,可追溯到几千年前,因当时地球气候变迁,南北先民生产形态与生活方式异途,长城遂因应历史的演进和地貌而形成。太复杂了,一部长城史从何说起?只好搁下不说。

长城作为南北的攻防线,自战国时期已启其端。"战国七雄"为逐鹿中原,相互攻伐兼并。尤其是位于北方、紧贴蒙古高原的赵、燕、秦三国,就最先各自建筑长城以为防护。赵、燕、秦所以要建筑长城与关塞,一方面是相互间对垒的需要,更重要的是要防范国境以北、已发展成为强大军事游牧部落联盟的匈奴和东胡的侵凌。

率先以"胡服骑射"而在历史上赫赫有名的赵武灵王,抵抗住不断入侵的胡人,赵国名将李牧驱逐了楼烦和白狄,向北开拓了疆

固阳秦长城

土,并"筑长城,自代并阴山下,至高阙为塞。而置云中、雁门、代郡"。这段长城就是后世所称的"赵长城"。燕昭王时,因燕名将秦开北却东胡,开拓了北境。修筑了"燕长城",从西到东,设置了上谷、渔阳、右北平、辽西、辽东五个边郡。秦昭王时,即在"陇西、北地、上郡,筑长城以拒胡",后世称之为"秦长城"。战国三雄建筑的长城遗址,断断续续的,至今仍保留不少,是历史时期最早的古长城。

从土默川北上蒙古高原时,我们穿越阴山的峪道,约一个小时的车程,就来到一段"秦长城"。几年后,一次到包头和贺兰山地区旅行,登上包头固阳县一段"秦长城"著名遗址。这两段秦长城,尤其是固阳县的一段,就地取材,采用黑褐色的大小石块垒成,虽有崩塌,城墙基本保存完好。虽远不如修筑于一千多年之后的北京

固阳秦长城(张倩仪摄)

"明长城"宏伟壮观,以其时的人力物力,在如此迂回陡峭的山岭上,筑成如此体量的长城,也足令人惊叹。登临其间,抚摸着城墙和散落的石块,遥远的历史一下子近在身边,令人油然兴发感慨,既赞叹工程的艰难和雄伟,又悲悯秦民的苦役。"孟姜女哭破长城"的传说,不管真伪,都真实地反映了民众对筑长城苦役的泣诉。秦的暴政,就是苦役过甚。苦役之用于筑长城,关乎国家存亡,情尚可原;苦役之用于秦始皇陵等耗奢,就难宽恕了。中国历代筑长城,加上沿城长期驻守重兵,国力损耗是巨大的。但这关乎国防民生,只要不是穷兵黩武,就应发展国防,防范战争,古今中外皆然。在波谲云诡、关乎存亡的形势下,弭兵之说,书生空言而已。

20 世纪 80 年代初,语言学名家王力教授,曾手书自作《游长城》诗一首赐我。诗曰:"老翁偶发少年狂,要把长城好汉当……亡我匈奴心未死,长城今有健儿郎。"所谓诗言志,王老登上长城,联想到百年中国往事的屈辱,备受外力的侵凌,且身罹国难,感慨自多,所以会肯定建筑长城的历史意义。盱衡当今,国防仍是关乎国家民族生死存亡的大事,王老的"亡我匈奴心未死"之句,依然是警语。两千多年来中国人修筑长城以自保,是一种国防观念。反映了中华民族对外一直是秉持"以城为固"这种防卫而非侵略的思想观念。

秦始皇在公元前 221 年统一了全国,建立起一个"地东至海暨朝鲜,西至临洮、羌中,南至北向户,北据河为塞,并阴向至辽东"的幅员广大的帝国。为了抗拒日益强大、屡屡入侵的匈奴,秦名将蒙恬,克复已被匈奴占有的黄河南北河套等地,将其驱逐出漠南,继而连接起赵、燕、秦之旧城塞,建筑了"万里长城"。秦王朝沿着"万里长城",自西至东,设置了陇西、北地、上郡、九原、云中、雁门、

王力赠诗

代郡、上谷、渔阳、右北平、辽西和辽东的十二个边郡。秦建的"万里长城"和十二边郡,历代虽有变迁,格局基本已奠定,历代沿袭。

  乘秦末的中原大乱、汉初的百废待兴,匈奴先后击破位于其东面的东胡,西面驱逐据有河西走廊的大月氏,一跃而成为蒙古高原唯一的霸主。秦时匈奴势力被从河南和北地驱逐出去,此时又重新夺取两地,且屡屡扰掠秦、汉的首都咸阳和长安。西汉经过几十年的休养生息,直到汉武帝时,才一改前代对匈奴委曲求全的妥协政策,主动出击讨伐。并将秦代所置的九原郡析置朔方、五原两郡,西边又接连了甘肃岷县,贯穿陇西、北地和上郡三郡。公元前121年因"河西战役"的胜利,汉武帝夺取了河西走廊,陆续设置了敦煌、酒泉、张掖和武威四郡,又在东北开辟了玄菟、临屯、乐浪和真番四郡。到此，汉代在秦长城边郡的基础上，扩展了由西至东的北边长城与各重要边郡。秦、汉二朝建构的"万里长城"沿线，基本成了日后近两千年南北的攻防线，而攻防线内外重要的关隘地区，也成为大小不一的南北相攘共融的历史舞台。如此厚重、逾两千年的长城历史，只好由深有研究的历史专家去著述了。作为纪游，只能浮光掠影地描述一下。

每探游一个地方，我习惯先读读与这个地区有关的历史著作，翻阅一下有关该地区的一些历代诗文。历史著作，是后人搜罗资料并加以研究的撰述；历代诗文，则属时人当下的所感所想。历史可增长知识，诗文可丰富感受，都是为了增添游兴。有了一番学习的准备，到了游地，眼前见景是景，心中有景也是景，游景无处不在，无时不在，游兴盎然。

中国文学所以有"边塞诗"这种文体，与"万里长城"是息息相关的。长城内外的险要地点，都置有边塞。边塞的历史，是认识中国历史不可或缺的内容。边塞诗中地名特别多，而且大都是长城内外的重要关塞，虽然不完全是一时一地的实指，却实实在在是在历史上存在过，甚至沿用至今的。

以前读边塞诗，大多从文学的角度去理解，只着意于诗词的宏旨、写作的技巧，不大深究诗词中的地名。就是记住了些地名，也不求甚解。几十年来，每走过中国北方边塞地区，再读这些诗词，理解就深刻得多了，因为文学和历史的理解都离不开时空的背景。

近代史学大师陈寅恪先生"以诗证史"，寻幽探赜，在历史研究上屡得新解，得以超迈前人。同时，于诗的解悟，于历史的认识，都能赋予新的理解。历史地理学大家严耕望教授，善用唐诗中大量出现的地名寻绎推敲，在历史地理的研究上创获甚大。举一个例子即可见其余：他曾以《杜工部和严武军城早秋诗笺证》一文，考证了其时驻城的存废，从而发掘出唐玄宗时期，大唐与吐蕃争持于西南的一段隐没已久的历史。在历史的研究上，在文学的理解上，都能发千年之覆，得到正解。

阴山下、河套间的土默川平原，固然是南北相持的中心历史舞台。不过，历朝历代，当南北爆发了大规模的军事冲突，战场都会不期然地向东西防线蔓延，以至烽火万里。"烽火万里"这一成语，不是添造出来的，是长城南北出现战争时的真实描写。

唐朝祖咏《望蓟门》云："三边曙色动危旌……海畔云山拥蓟城。"只两句，就描绘出漫长的长城战线、风云密布的战争气氛。"三边"，是指幽、并、凉三州，分别指今日的北京、山西和甘肃河西走廊地区。幽、并二州，两千年来都是万里长城最核心的边塞重地。鲍照有《代出自蓟北门行》云："羽檄起边亭，烽火入咸阳。征师屯广武，分兵救朔方。"指的是敌人侵扰首都咸阳，牵动了远驻燕（北京附近）、广武（山西代县西，隋避杨广讳改称雁门）的军队出兵去救朔方。朔方郡位处咸阳和长安的正北，是首都前哨边郡。另高适的《燕歌行》云："汉家烟尘在东北……枞金伐鼓下榆关，旌旆逶迤碣石间。……单于猎火照狼山。"诗是说，东北边疆有战事，战火随之，东向燃烧到了榆关和碣石，西向再蔓燃，远至狼山（狼居胥山）。这就是"烽火万里"的实情。

历代边塞诗中常出现的地名，记住了它们的方位，再念读，脑海中自另有图像。谙熟历代诗词，游览中国大地，会令人游兴大增。旅行，就是追求游兴！

嘉峪关

张掖的长城

古北口长城

辽东虎山长城：万里长城最东端

# 华山玫瑰燕山龙：南北相攘共融的始起

早在20世纪80年初，旅经河西走廊，就见识过沿线由汉代到明代的长城与雄关。河西走廊最西端的嘉峪关，也登上了好几回。

纪游的是蒙古高原，还是言归蒙古高原吧！

与蒙古高原东西并行的长城，直线计就有好几千里，加上不同纬度、不同朝代的多重组合的长城，总长可达两三万里，很难走遍。不过，三十多年来，我陆陆续续登上过重要长城路段和主要雄关。实履其地，长城融铸在大自然之中，成了天壤间的奇观异景。

历史离不开地理。中国史学之父司马迁，所以能成就卓越千古，学养而外，与他青年时代起周游列国、采风问俗，见识广而阅世深大有关系。顾炎武所以能写出名著《天下郡国利病书》，亦与他惩明亡之痛，克尽艰辛、攀山涉水，融历史文献于实地考察有关。历史的精粹，在乎知人论世。

1981年初到北京，就登上了八达岭和居庸关这两段长城。

现今的万里长城，尤其是明长城，中心地带是在今日的北京和天津地区。这些地区，自战国和秦汉以来，被称为幽冀、幽并、幽州、蓟州、右北平和渔阳等，自古是重要边郡。摊开中国地图，上述地区位于燕山山脉以南，太行山以东，以北京为尖端，环绕而成一个三角洲形的华北大平原。

长城沿线，就建筑在山脉与平原的接壤处。八达岭和居庸关这两段长城，位于北京市区的正北面。北京之东，分别有慕田峪、古北口、金山岭和喜峰口等几段明长城，都壮观得很。它们与居庸关和八达岭长城连成一脉，成为守护燕山山脉以南的幽蓟和中原地区，最直接、最重要的长城。北方民族如突破了这几段长城，就直接威胁到北京，再往南，一马平川，可直扑华北平原。若中原王朝军队自此北上，通过几段长城和关隘，穿越燕山，经承德一路，可以长驱直入内蒙古草原。北宋时失去了幽云十六州，意味着失去了燕山南北与长城内外的屏障，在对抗辽和金时，一直处于被动的地位。1214年，成吉思汗率蒙古军伐金，蒙古各路大军突破的河北宣德、怀来、紫荆关、居庸关也在这一带。金朝自丢了燕山南北、长城内外这一线地区，灭亡只是时间的问题了。

20世纪80年代初，为实施《新锦绣中华》的出版计划，我曾随摄影队登过这几段长城。当时这几段长城尚未向游客开放。拍摄长城是因为景观雄伟，对这几段长城的地理方位和历史内涵，未多措意。拍慕田峪长城的第一天，就够难忘的了。车队早晨四时从北京市内开出，预计赶在日出前登上长城。乘坐的两辆小车，可能老旧，中途跑坏了，要更换另两辆小车成行。车辆沿途跑的都是山路泥径，道路崎岖，周遭环境原始得很，饶富边塞风味。

为拍摄这几段长城，前后花费了近二十天。这几段长城，近观远眺，险要而壮观，景观绝不亚于八达岭长城。不同的是，当时未经修整过，长城沿线崩塌的不少。登另一段古北口长城的情景，虽几十年过去，仍印象深刻。登攀时，沿途惊险万状，心情忐忑不安，艰难摆设摄影机等细节，宛如昨日。古北口自古就是燕山南北

依山而建的长城

宁夏萧关：黄土筑成的长城

京郊十渡也是古代的交通要道

古北口

的重要关隘、交通咽喉，今日通往承德的公路就经过这里。据我行走中国大地的经验，近代以来开辟的公路，往往是基于古代旧道而营建的。道理很简单，有"前路可循"。古代也好，近代也好，道路都是要按着地形地势而兴建的。人类社会文明要走的路，道理也如此。"据旧开新"是向前发展的不易定理。不识旧，无以开新，可惜懂得这种道理的人却不多。

金山岭长城在古北口长城之东。这段长城地势险要，视野开阔，长城建筑结构的各种模式，齐备而多样，是长城建筑的极致。这段长城由明朝大将徐达修建，抗倭名将戚继光等人续建。在中国东南沿海英勇抗倭、在西北崇山峻岭建城，戚家军真铁军。长城上的墙砖，时见"戚继光监制"的字样。观摩这段长城，已明白了一代名将、一代名臣的风范。

金山岭长城再往东，是司马台长城，又称喜峰口长城。攀登喜峰口长城，最感觉惊险万状的，莫如称为"天桥"与"云梯"的两段。"天桥"段的城墙，狭隘险要，两侧女墙多崩坏，脚下砖块散乱，凹凸不平。城墙两边，万丈深渊。踩踏不实，摔了下去准会粉身碎骨。我们沿着城墙爬，步步惊心。往上走，只要小心，一步一步地，还是可以攀登的；往下走，则所谓上山容易下山难，随时没命。

拍摄过后离开时，我们根本不敢沿长城而下。衡量过，宁愿选择坡度较缓的地方，爬下长城，再沿山坡往上爬，多走了两小时路，远绕到另一坡度较缓的山岭，沿山往下走。那时气力真好。至于矗立在悬峰上的望京楼一段长城，只敢远观，不敢近爬了。要上望京楼，得要爬"云梯"段。"云梯"段是单面墙，一边悬空，城墙像悬挂在几乎垂直的山脊上。听说天朗气清的白天和傍晚，可远眺到北京城，故名之为望京楼。喜峰口这段长城，关隘险要，有河流经过其下的山谷，上游就是流经金莲川草原的滦河。滦河是现今河北省的最大河流。未到过金莲川和元上都，不会认识滦河，不到古北口，不会留意到草原上的滦河竟会与长城有关。更意料不到的是，在金莲川所见平缓婉顺的滦河，流到了喜峰口河谷，咆哮奔腾，历史上时常泛滥，野性难驯。河谷湍流与重关险隘，就成了长城南北的险要。几十年前，这段滦河被驯服了，改造成为"潘家口水库"。整座关城和城墙沉在水底，只在缺水时，半遮半掩的，向人诉说它的前身。经过水库，滦河再往南流，在历史名城昌黎附近，注入了渤海湾。

说喜峰口或许大家会陌生，但如果说卢龙塞，熟悉历史、文学的人，就会有印象。喜峰口段长城，就是卢龙塞的所在。唐代著名边塞诗人高适的《塞上》诗说："东出卢龙塞，浩然客思孤。亭堠列万里，汉兵犹备胡。"可见卢龙塞自古就是燕山内外的重要关塞。要北出草原，或东赴辽西，卢龙塞都是必经的通道要塞。东汉建安十二年，曹操远征乌桓和追剿袁谭兄弟，得幽州隐士田畴献计，走的就是这条路。最终得以直捣柳城（今辽宁朝阳），大胜而还。

北京附近这几段明长城，督建者是明朝建国名将徐达和其后的抗倭名将戚继光。秦长城的主持修筑者是秦朝一代名将蒙恬。让人深思的是，他们都是著名的军事家，在他们的主持下，长城的一墙一砖，都深具军事作用。关于长城的著作，何止千百计，印刷装帧豪华的也不少，却少有从军事科学角度——由长城的规划布局到城上的一些细小的机关设置——去解剖长城。难怪青少年兴趣不大。

城墙上的一些砖块刻着"戚继光监制"或其他官员监制的字样。

相信不是为了沽名钓誉，自诩留芳百代，应该是明朝的一种质量检查措施，是一种问责制。别以为质量检查和问责制是现代社会的新事物，是"舶来货"，其实古已有之，历史上不难拈出例子。襄阳和荆州古城，如留意，不时可发现墙砖刻有某官员监制的字样。这种实名的问责制，是质量的保证。

说到卢龙塞是东北通道，上世纪90年代初，为出版《东北文化》，我曾远赴辽宁省朝阳市附近的牛河梁。70年代这里发现了距今五千五百年至五千年的属于红山文化的遗址，方圆达几十里，出土了冢墓、祭坛和女神庙建筑群，并挖掘出大量精美的玉龙和其他各式文物，一时震惊世界。经由建筑到出土文物的考察，牛河梁遗址被认定为同时期中国境内众考古文化遗址中文明程度最先进的一处。由牛河梁遗址遗物所见，可知以后中华文明各种核心的文化传统和文明特征已然出现，所以，考古界认定，牛河梁是中华文明形成的源头之一。

红山文化在上世纪20年代已被发现。一经发现，就备受瞩目。此后的几十年，有关红山文化的遗址陆续被发现，但直到牛河梁遗址被发掘，才震动世界。考古学泰斗苏秉琦教授在80年代提出了"中国考古文化区系类型学说"。他划分史前到先秦时期的考古文化为六大区系，提出中国文明的起源是"满天星斗"，而且分布在中国大地的东西南北。在六大区系考古文化中，以渭河关中平原、晋南和豫西地带，称为中原文化；燕山南北长城地带，称为北方文化；以山东为中心的东方以及以环太湖为中心的东南地带，称为东南文化。在六千年前，以这三大区域文化最为先进，互相间的交流也最密切。上述三大区域考古文化系统，又分别称为仰韶文化－龙山文

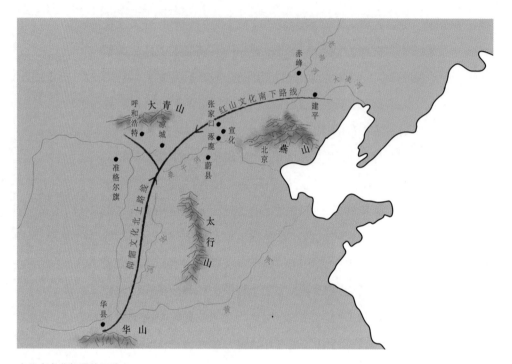

南北古文化相遇的三岔口

化、红山文化与大汶口文化－良渚文化。这三大考古文化系统，与中国古代传说和文献记载的五帝时代是可对应的。苏教授的弟子郭大顺先生甚至具体指出，距今五千五百年到五千年前，是五帝时代的前期，距今五千年到四千五百年前是五帝时代的后期。牛河梁文化是红山文化中一支先进的文化，由东向西，跨越燕山南北，而中原文化的另一支先进的文化，则由关中向东，沿山西汾河上溯，两者在今燕山之南的张家口、桑干河一带相冲突而交融。苏秉琦教授以一首诗，充满文学色彩地描述两种文化的冲突与交融的历史。首句是"华山玫瑰燕山龙"。中原文化炎帝族的图腾是华山的玫瑰，北方文化黄帝族的图腾是龙。龙与玫瑰交融，就是炎黄族与华夏文化形成的始基。其后再与东方文化崇拜凤图腾的东夷族的蚩尤，起冲突而至交融。这三个考古区域文化的冲突和交融的时期，正与先史传说和古文献的记载，黄帝族与炎帝族战于阪泉之野、炎黄两族与蚩尤战于涿鹿的事件相对应，都属于五帝时期的前期历史。阪泉和涿鹿都在张家口地区，位于考古文化交汇的三岔口上。三大区系文化经此两次的冲突和交融，标志着中华文明的形成。

这种根据考古发现，结合文献和传说，对先史和文化起源的新解释，石破天惊。谓黄帝族出于燕山之北，甚至接近草原地带的说法，与20世纪初一些据古文献的只言片语、蛛丝马迹的材料，而谓黄帝源起于北方的学者的论断相吻合，也在考古上得到了证实。这种新论断无疑与我们过去的历史常识有异。自此发现，中国的历史和文明，可追溯到更古远年代的燕山南北。

回程时为赶时间，我们不再折返沈阳，而是改走捷径，乘坐一辆破旧小型车，沿着大凌河，从山路回到河北避暑山庄。当时没有正式的公路，沿着山路走，途中可谓惊险万状。意外的是，走了这一趟，似解开了心中的一个历史谜团。长江流域的良渚文化有玉龙，约略同期，东北辽宁朝阳的红山文化也出现为数不少的精美玉龙，两者似有关联。但两地相距几千里，路途崎岖，况且是原始时代，如何交通，实百思不得其解。走过了这一回，明白了。只要沿着峡谷山隘，顺着河谷，就有路可循。不是说"路是人走出来的"吗？出了华北平原，再经海路，漫长岁月的移动，就形成了交通的可能。这与后面说到的森林部落，从大兴安岭的密林走到蒙古高原，道理一样。

历史传说中的炎帝族和黄帝族相攘共融的通道,与考古上的仰韶文化向东北发展,红山文化向西南发展,相汇于燕山之下的张家口与桑干河这块地方,竟吻合如此。同是这条通道,也是日后秦汉以来,两千年南北民族和文化相攘共融的最活跃通道。史前与史后几千年,在燕山南北、长城内外,草原和中原的民族与文化相攘共融的通道,竟如此古老,而自己竟然走过,真有"念天地之悠悠,独怆然而涕下"的感觉。

# 闯荡长城，攀登雄关

屈指一数，到草原和辽宁西部，已经是二十年前的事了。

想往东走得更远，去年秋天，约同一众朋友，结伴闯荡中国东北地区的辽宁、吉林两省。东北地区，即古代辽西郡和辽东郡的所在地，亦是"万里长城"的最东线。这里在远古就与中原王朝有着密切的联系。史载"及武王克商，肃慎、燕、亳，吾北土也"，即是说，周朝初建国时，势力已覆盖到这里。战国时的燕国，在公元前300年建筑的"燕长城"，"自造阳（今张家口）至襄平（今辽阳），置上谷、渔阳、右北平、辽西、辽东郡以拒胡"。长城之外，燕的障塞已设置到浿水。秦帝国建筑的长城"地东至海暨朝鲜"。辽西郡与辽东郡，是秦王朝沿长城建置的十二边郡中位置最东的两个州郡。辽河流域所经的地方，即大兴安岭与燕山一线，也是一万年以来，欧亚农业与游牧分界线的最东端。辽东郡与辽西郡的分界线是辽河。这里是上百个民族几千年来或先后或同时生息的核心地区。所以辽东地区，既是欧亚"草原之路"的最东南端，也是中国境内几千年来，长城内外相攘共融的另一个重要历史舞台。

秦、汉以来，由燕山幽蓟地区，出辽西和辽东地区，主要有两条通道：一是经卢龙塞、徐无、平岗，越白狼山到朝阳，然后向东南到襄平，再南进朝鲜半岛；一是经蓟州、唐山过滦河，沿着渤海

天下第一关——山海关

湾经碣石、山海关，过凌河到辽河。辽东以东，历代按地理形势，置有三重长城防线。山海关是距中原最近的一道防线。

90年代走过的避暑山庄、喜峰口、牛河梁、赤峰、朝阳等地，属辽东与中原古通路的北线；这回探访绕着渤海湾走，是南线。

终来到期望已久、号称明长城"天下第一关"的山海关。山海关楼，体量庞大，很是宏伟壮观。参观了展出的山海关长城复原图，才清楚山海关长城的形胜，包拢燕山和渤海湾，重城叠关，构造复杂。了解城之为城的走势、关之为关的建置后，我对长城的认识大大增长了。

随之去到山海关东南四公里的"老龙头"长城。"老龙头"为长

从老龙头城墙外望渤海湾,远处有小亭之处,传说是秦朝徐福出海的地方

城入海的尽端,全屹立于海上。该段长城也是明万历年间任蓟镇总兵的戚继光派员修建的。其后去到锦州古城,历史的感慨更深了。抗清名将袁崇焕,凭借戚继光等修筑的长城,以少胜多,以弱克强,苦苦支撑,抵抗满人的入关,最后竟遭谗冤死。袁崇焕的冤死,终致清兵得以入关而明亡。明之亡于清,不是天下第一的雄关和坚固的长城抵抗不住,而是内部朝廷和社会的衰败所致。袁崇焕是我们广东东莞的乡贤,睹物思人,既慨叹人性泥涂,以致千古奇冤,又感佩乡贤忠烈,与有荣焉。来到纪念堂袁氏塑像前,我由衷鞠躬致敬。

沿着渤海湾的公路,我们来到了碣石。碣石如今只是屹立于海中的几块大石。在中国大地诸多的名胜中,风景殊不显眼,所以游客甚少。我们是冲着"碣石"这两个字而来的,这个地方在历史上大有来头。中国东部疆域,有两处地方,一山一水,在历史上神圣得很。一山,是泰山,一水,是渤海湾的"沧海"。泰山是中国五岳之首,古代帝王东巡,登泰山是为祭天。皇帝称为天子,要保江山永固,天不敢不祭,不可不祭,泰山不能不上。在渤海湾望"沧海",茫茫沧海,仙山宛在,做了皇帝,为祈求长生不老,就向仙山求仙。生长于"中原"的帝王,见惯的是山川原野,来到茫茫海边,一望无际,岂不大为震撼。

秦皇、汉武为祈仙,为观海,都千里迢迢来到这里,并建筑了规模宏大的行宫别苑。毛泽东《浪淘沙·北戴河》一词,内中"往事越千年,魏武挥鞭,东临碣石有遗篇"广为传诵。遗篇指的是曹操在建安十二年远征辽东,回到了碣石,动兴撰写的组诗《步出夏门行》。词太长不全引了,中有"经过至我碣石,心惆怅我东海""东临碣石,以观沧海"等句具体描写了沧海的景象。其中最后一首《龟虽寿》最为人熟悉的,相信就是"老骥伏枥,志在千里。烈士暮年,壮心不已。盈缩之期,不但在天。养怡之福,可得永年"这几句人生的感喟。是否因"碣石"是帝王和汉以来方士求仙之胜地,曹操便有感而发,则不得而知。史载曹操"登高必赋",《步出夏门行》是其中的一篇文学杰构,可媲美跃马滚滚长江边、"横槊赋诗"的《短歌行》,都是写景抒情的大手笔。"碣石"在历史上之有名,与几代帝王专程到过这里有关。秦始皇的第四次东巡,曾驻跸碣石宫。汉武帝在元封元年由山东渡海,至碣石,然后自辽西,历北边九原,归于长安以北不远的甘泉行宫。近年,在这里发现了规模宏大的秦汉时的行宫遗址,出土了秦砖汉瓦,坐实了史载

老龙头长城

碣石

91

碣石出土的秦砖汉瓦

不虚。唐太宗李世民在贞观十九年亲自率军到辽东征高句丽，回程时经过碣石，"次汉武台，刻石纪功"。

再往东行，到了辽河以东和中朝边界的鸭绿江，这里是秦长城的最东端，也是西汉玄菟郡的所在位置，其地也是南北两千年来相攘共融的历史舞台。

讲"万里长城"也好，讲中原和草原的南北攻防线也好，山西省是不能绕过的。

战国时期的山西地区，乃赵国之一部分，秦兼并天下后，则属并州。秦汉以来，北方著名的边郡，云中、朔方、上郡、代郡、定襄、雁门、五原、西河、朔方等，都在山西。可见山西在燕山南北和长城内外的重要。

现代著名历史地理学家谭其骧说得好："山西在中国历史上的地位和重要性，远过于今天的山西省。"山西既是塑造了中华民族和中华文化的"中原地区"，又是《左传》中的"表里河山"，几千年来作为南北攻防相攘、民族文化共融的前沿区域。香港的国学大

闯荡长城,攀登雄关

偏关县老牛湾留影

师饶宗颐教授,在上世纪80年代初的一次相聚中,问我去过山西没有?我回话说,去旅行过两次。他说:"你是念历史的,远远不够。我曾连续留在山西考察三个多月。你年轻,应多花些时间去山西考察!"在那些日子里,责任大,工作忙,如何放得开。但他老人家这番殷殷忠告,我是铭记着的。一退休,我几乎跑遍山西各地。山西,也成了我在内地跑地方最多的省份之一。

位于山西的古代边郡,直接面对草原的游牧民族,是南北相持的重要战场。山西地区,古称"晋"或"并",自战国赵始建长城,到秦汉以至明代,长城的建筑持续不断,规模亦最宏大,雄关险隘林立。赵国时李牧据代郡和雁门郡,曾破匈奴十余万骑。

秦汉几百年与匈奴的抗争,主要战斗都在这一带。蒙恬曾率三十万秦兵,于此逐匈奴出塞外。汉高祖在晋阳与匈奴连场大战,

古代军营内的民居

居住于山西忻州老营镇上的三位念小学五年级的小朋友

北驱至楼烦，遂有平城白登山之困。幸得陈平之计，才得脱身。汉文帝因匈奴入雁门，亲自带兵到太原和代郡，出击匈奴。武帝时王恢三十万人伏兵马邑，以诱匈奴，未能成功。十几年后，武帝对匈奴发动了三场大规模战争。并州地区是战争的基地，汉将卫青、霍去病等，由雁门、定襄等地出塞，挥军入大漠，斩匈奴兵将十余万。秦汉以后，并州地区一直是南北防线的重要战场。

正如李白诗中所说，山西"由来征战地"，也是历代出武将的地方。三国时代的关云长、吕布、丁原、张辽，都是并州人。边塞诗中，褒赏幽并男儿之勇猛诗篇特多。曹植在《白马篇》中写道："借问谁家子，幽并游侠儿。少小去乡邑，扬名沙漠垂。"隋朝虞世基《出塞》有"山西多勇气"之句。唐代诗人也留下不少相关的名句。李颀《塞下曲》说："少年学骑射，乃冠并州儿。直爱出身早，边功沙漠垂。"薛奇童《塞下曲》亦谓："金鞍谁家子，上马鸣角弓。自是幽并客，非论爱立功。"戎昱《出军》更谓"中军一队三千骑，尽

大佛寺

是并州游侠儿"。如是等等,不一而足。

并州既是由来征战地,又是燕山和长城内外的交通要道。《穆天子传》中记载,周穆王是经雁门关,过雷水(或称漯水,即桑干河)受犬戎宴请,归途则自太行山东麓南下,经黄河流域西行回宗周。

自魏晋南北朝以来,洛阳与盛乐之间,经雁门、太原,交通频繁。肃慎、挹娄、高句丽等中国东北的民族与朝鲜诸国,往洛阳向北朝各代朝贡,就是经这条通路的。

少时迷恋宋代"杨家将"的故事,雁门关自少就刻在我心中,成为很向往的历史名胜。可惜屡屡去不成,前年才得一偿夙愿,以雁门关为主要目标,遍游了山西的众多长城和雄关。历代边塞诗,说到雁门郡或雁门关的,为数甚多,可见其在历代军事上的重要性。雁门关、宁武关与偏关被称为明长城"外三关",我都去过了。雁门关是"外三关"中最大的关城,有号称"两关四口十八隘"的防御体系。登上雁门关楼,极目长城,山峦起伏,绵延不断,狭小古道,盘旋曲折,壮观得无以复加。

赵国时的李牧,汉武帝时的卫青、霍去病、飞将军李广,都曾在雁门关建功立威。北宋雁门关一役,杨家将父子的壮烈,更传诵千秋。宁武关现在只剩下一座城楼,矗立在宁武市。北向群山,虽市廛扰攘,仍无掩其雄伟之姿。攀登上关楼,楼层出人意料地崇伟高大。

途经偏关前,我们探访过几个仍然有民居的古营堡。这几处古营堡,原为古代军营和军属住地,模样不变,承传了几百年,真是难得。偏关位于内长城的西端,紧挨黄河入山西南流之拐弯处。历史上的匈奴、突厥、契丹等民族的南犯,多从该关突入。著名的"老牛湾口"在偏关县北35公里处的老牛村,是黄河与长城的唯一交汇点,也是内外长城的接合处。黄河与长城,一是中华民族的母亲河,一是中华文化的脊梁。站在其上观望,长城绕着黄河,黄土万里,对岸就属内蒙古,真有清初文人朱彝尊《出居庸关》所咏"榆林只隔数峰西"的感觉。

山西地区的长城,幅员广阔,从东太行山到黄河河曲以东,内外明长城,辐辏于此,雄关林立。经此一游,对长城内外的形势、长城作为军事防卫系统的立体布局,甚至长城内外民族的混居与交流,才算有较全面的认识。

到陕西彬县(1964年以前称邠县),已是整整三十年前的事了。

在编辑出版《千年古都西安》时,为拍摄长安与"丝绸之路"的遗迹,我们由西安北上,沿着泾河,经过咸阳,见乾、昭二皇陵,

河曲，对面是内蒙古

雁门关长城

雁门关

雁门关西北的广武城

山西的一处城堡

再北上彬县，参观了彬县位于泾河南岸的大佛寺。大佛寺依山而建，建于唐贞观年间，望之巍然，各式佛像丰富多姿，色彩斑斓，粲然可观。这里，引起我兴趣的，是距大佛寺约100米外，竟是"丝绸之路"的古道。

去夏，探访宁夏，去了银川。银川就是长城的西境。从银川往正南走，来到另一个长城西部的重要关城固原。固原一名沿用至今，古意盎然。宁夏地区，长城遗址随处可见。因为周代的羌族，其后的匈奴、吐蕃与西夏，几千年来少数民族就出入这里，又是一个历代长城内外相攘共融的重要舞台。

由固原再向西北走，参观了开掘于魏晋南北朝至唐代的须弥山石窟。须弥山石窟号称中国第四石窟。石窟前面也有一条沿谷而走的古丝绸之路。周围环境很奇特，山峦起伏，谷涧绵延，属六盘山北陲。溪河沿深谷东南流，翻越山岭，经过甘肃平凉这地方。说到了六盘山，1226年成吉思汗曾亲自率军征战西夏，在今宁夏黄河两岸，经盘龙大战，攻下了灵州（今灵武市）。蒙军重重围困了西夏的首府兴庆府（今银川）。成吉思汗随后在六盘山避暑，后在秦州（今天水）驻地去世。灵柩经过了鄂尔多斯的伊金霍洛，在此设衣冠冢，这就是成吉思汗陵的来由。

我们沿泾河走，不远，就是陕西境内的长武县，再往前走，就是30年前到过的彬县了。由彬县出平凉到固原，原来是古长安西出河西走廊丝绸之路的北路。北路上的固原和萧关，就是守护关中长安的第一道关隘，是万里长城攻防线的西边的重要舞台。这里是西边守护关中和首都的第一道要塞。"大漠孤烟直，长河落日

萧关,下方为丝绸之路古道

六盘山,泾水上游古丝路

贺兰山

银川河套遥相望,此处黄沙接黄水

须弥山石窟留影

圆。萧关逢候骑，都护在燕然。"这就是王维著名的《使至塞上》所描写宁夏河套和"大坡头"这地方的景致。这里沙漠连着宽广的黄河，黄沙接着黄水，远眺是重峦不绝的贺兰山，完全是一派大自然的造景。王维《陇头吟》的"长安少年游侠客，夜上戍楼看太白。陇头明月迥临关，陇上行人夜吹笛"，唐代顾非熊《出塞即事》的"贺兰山便是戎疆，此去萧关路几荒。无限城池非汉界，几多人物在胡乡"，明代李梦阳《出塞》的"晨发灵州更西望，贺兰千障果云霄"，皆写尽了此地的边塞风貌。历代边塞诗常出现的地名，陇头、陇水、陇上、贺兰山、萧关，指的都是这一带。这里是古羌族、匈奴、林胡、吐蕃、党项的西夏等族活动的地方，是"万里长城"西边要塞，几千年来南北一个相攘共融的历史舞台。

　　三十多年过去，无预设的考察计划，竟盲闯乱撞地走过了秦汉"万里长城"全线重要的地段，攀登了沿长城的不少雄关与边隘，从而见识了几千年来南北相攘共融的重要历史舞台。蒙古草原之行结合长城的行走，让我重新认识了中国的历史。

# 中篇——森林·草原

# 森林民族的原乡：兴安岭

在 12、13 世纪，横扫欧亚大陆的蒙古铁骑，远祖原是生活在中国最东北的大兴安岭的森林中。在大兴安岭时的蒙古人先祖，属森林狩猎部落。约在 8 世纪唐朝时代，从森林中走出来，首先进入了现今室韦镇和额尔古纳河一带地区。这一带邻近森林，适合他们由狩猎森林生活向草原游牧生活过渡。蒙古人先祖如何进入大兴安岭森林，又如何走了出来，史著有着神奇动人的传说，近年亦得到一些考古发现的实证。所以，大兴安岭的森林，是曾建立过世界历史上最大帝国的蒙古人的原乡。蒙古族以外，不少曾活跃于中国历史甚至世界历史的草原民族，其原乡也在大兴安岭的森林。远在中国东北的大兴安岭，大多数人的印象总觉较为原始。看似亘古未变的大兴安岭，却有着人们意想不到的悠久而丰富的历史。

要追寻蒙古高原的游牧文明，上大兴安岭去追寻更古老的森林狩猎文明，就成为理所当然的目标，即使只留下了吉光片羽，或只是去感受一下大森林的面貌，也是值得的。

森林，是人类的原乡。人类最早、最原始和最漫长的日子，是在森林游猎、渔获和采摘生活中度过的。一万年前，人类踏入了新石器时代，才兴起农业定居与草原游牧的新生活。一万年岁月的推移，森林在草原游牧、农田耕种与城镇建立的蚕食下，不断往后退却，赖以栖身的游猎民族也日趋没落。尤其是近二三百年工业化的推波助澜，加速了森林在地球上的萎缩，狩猎民族更形凋零，几至消亡。在中国大地上，大兴安岭这样广袤的原始森林或次生森林，原来还遗存着原始时代绵延下来的狩猎民族，在世界范围都是罕见的，也是人类文明的孑遗！

人类随着文明阶段的兴替而进步。吊诡的是，这种一往无前，甚至罔顾一切的进步，又造成了自身的极大伤害，甚至隐藏自我毁灭的危机。当前人类正尝到过度砍伐人类原乡——森林——的苦果。生态破坏，天气愈来愈过涝过旱，就够人类担忧的。在现今世界上，大量垦伐依然如故。经上百年的过度垦伐，大小兴安岭的原始森林，面积已大幅减少，现存的大多已是次生森林。但是，大小兴安岭仍旧是中国最大的森林区，也只有大兴安岭，仍旧留住着历史久远、保持着游猎生活原型的古老民族鄂温克族、鄂伦春族和达斡尔族。这在当今世界也是罕见的，是活历史，尤其在古文明发展最久远、最繁盛的欧亚大陆。

蒙古高原的很多民族，只有语言没有文字，生活形态以外，语言是判断其族属的重要根据。鄂伦春的意思是"养驯鹿者""山岭上的人"。对他们的原始族属，由于年代久远，民族混变，难免有不同的说法。大抵较可信的，可追溯到公元前后，与匈奴前后称霸蒙古高原的东胡族的室韦系。这些狩猎民族的活动范围是：西达贝加尔湖以东，东抵库页岛的森林地带。黑龙江上游南北，在魏晋南北朝时期，是室韦族分布的地方。室韦是若干生活形态相近的部落的共称，内中分不同的室韦，鄂伦春族和鄂温克族属于北室韦。

鄂伦春族民众住在大兴安岭之东，鄂温克族在大兴安岭之西。

两者的语言，都属于蒙古高原最主要的阿尔泰语系通古斯语族。而达斡尔族属契丹后裔，较早进入农耕定居社会，在内蒙古一直主要生活在索伦河和根河一带。

我们到大兴安岭的首个目的地，是满归镇北部的敖鲁古雅鄂温克民族乡。

从大兴安岭中部的根河市出发乘车北上，沿路都是山林，路是山泥路，也平缓，不像爬山路。路两旁，长满的多是白桦树、落叶松和不知名的各种树木。途中，不时出现开阔的农田和小山庄。山庄的房子都是木造的。房子前的围园，多堆满作柴火用的木段，房子的下半部，多用石块垒成，两者整齐有致，摆弄得像是一种装饰，很有地方风味，这是一种生活实用的艺术。

可见，日常生活中，都可以有美的摆布，艺术可以无处不在。艺术不全是艺术家们的事。失去美的心灵，人的生活就变得枯燥和庸俗。美，也不一定要钱财来堆砌的。现在内地的一些地方房子盖得很堂皇，杂乱无章，与周遭环境不协调，没有地方个性，显不出美的观感。反而来到一些大家认为"落后"或者"古老"的地方，倒见到村落有整体规划，合理的生活布局，房子外部是富有地方色彩的装饰，自成风貌，看到了，特别让人有美的感动。如山西的古堡村落，房子都是就地取材，以石块垒成。游川西藏东的地区，住宅外壁上敷晒牛粪，弄成图案，竟成亮丽风景。在欧洲旅行，无论如何简陋的房屋和村落，都铺种或挂着花团锦簇的盆栽，分外吸人眼球。这就是生活的趣味，是生活美的人为装置。回程时是傍晚时分，斜阳映照，黄澄澄的阳光洒透森林，村庄显得格外温煦灿烂。牛力车拉着满堆的麦草在马路上走过，留下了长长的影子。村庄上

石垒地基的木房子　　　　　　　　整体规划合理的江南水乡

外壁敷晒牛粪的川藏地区房子　　　欧式风格的房子

往大兴安岭的泥路上

炊烟袅袅,为蓝天绿林抹上色彩。如此这般的情景,对南方长大的我,倒像一幅幅初次接触的北国风情画。

车走了半天,来到了牛耳河一带,这里已属大兴安岭的北部,山势陡然升高。停车稍事歇息,登高远眺,只见漫山起伏,密林覆盖,云雾缭绕,松涛有如潮海,直如清人查慎行《登兴安岭绝顶远眺》的诗句所描绘的:"丹青不数东南秀,俯仰方知覆载宽。万里乾坤千里目,欣从奇险得奇观。"去年,相隔了二十年,重临大兴安岭。已可以沿着人造木构的行道,登上阿苏里林木观赏区,居高望远,视野宽广,更得查诗景致。到底是急速发展的二十年,大兴安岭的风景线有着不少变化。木房子都成了新的洋房,泥马路都成了柏油公路,汽车好驶了,车程也缩短了。开发的观赏点更方便了游客。不晓得是道路改了线,还是这次未走更北的满归镇所致,公路两旁虽仍是看不透的密林，但未再遇上第一次来时的难忘的景象。二十年前，车穿过大兴安岭的路上，两边"松林隐隐八百里"，时常车走上一两个小时，不见天日，罕有人烟。其间尚能见到林中树木上托挂着木棺，这是森林狩猎民族自古以来的习俗。据《黑龙江外记》载：

> 呼伦贝尔布特哈，人死挂在树上，恣鸟茑食，以肉尽为升天，世有鸟葬、树葬之说，即此俗。

又《黑龙江志稿》载：

> 鄂伦春人……其在森林游猎者，凡死者用大树凿穴殓之，置于高岗树叉（杈）上，一年后埋之，殆有上古树葬之风矣。

未到达满归镇，不期在车上外望，尚得见此行之千百年的原始风俗。几十年游走各方，时有巧遇奇逢，如此之类也。

我们所乘之车，完全隐没在幽深不可测的密林中。路两旁林木参天。向前看，是视线以内的马路，往外向上望，是一线天。这样地走着，当时我感觉，有如《封神榜》连环图中，"哪吒大闹东海龙宫"的一幕，脚踏着风火轮，风驰电掣，走在海底，两旁是排空高的海水的模样，无怪乎有"林海"这个用词了。未遇其景况，很难有真切的感受。车程中，不全是大森林，偶尔会来到一些开阔平缓地带，一如平原，然而，平原周围仍然是茂密的树林，别有一番景致。这种现象是大兴安岭特有自然地理的现象，起伏无际的密林

森林中的树挂木棺（孔群摄）

林木参天的景象

远眺大兴安岭森林

中，散布着棵树不生、山坡开阔的平原，森林夹着高山草原，泾渭分明。这是大兴安岭东西不同气候、南北不同阴阳的环境形成的。经过密林，也时常见到河流。远看蜿蜒如带，娆曲多姿；俯览近观，因林深水暗，河淌的是黑水，却透彻清洌。呼伦贝尔大草原之所以河道纵横，著名的黑龙江之所以终年河水滔滔，大兴安岭的百川千水，是其不尽的源头。

# 森林原乡最后的守护者：鄂温克族与鄂伦春族

　　敖鲁古雅鄂温克民族乡，地处中国的东北角，汽车再往北方走上两小时，即可到达中国疆土最接近北极圈的漠河边镇。来到敖乡，眼前只见排列整齐的好几十间砖筑的平房。镇内一所学校，因为是8月暑假，宽阔的校园静悄悄的。其实，镇上也异常安静，不见猪狗，也听不着鸡鸣。与内地村镇鸡犬相闻的情景不大一样。偶尔才碰到一两位居民。据说，居民大都上山了。所谓上山，是到大兴安岭的深林中。这处的居民，生活的家，依然安在山林中。

　　想不到，这里有一座很好的平房式的博物馆，陈列着的是鄂温克族人留下来的各种文物。有狩猎捕鱼的各式工具、日常生活用品、宗教信仰仪器，也有各种生活用的工艺品。鄂温克族没有文字，清代时期的往事，靠的已是传说。18世纪之前，鄂温克族仍淹留在千年以上的生活形式中。生产和生活用的大都是如木弓、骨镞和石器之类用原始材料制作的工具，用上金属，使用火枪，只是近二百年内的事。我们眼中这么简单的金属和火枪的使用，一下子就改变了鄂温克族千百年来的生活形式，正如只几十年的开放，中国内地千百年的农村，一瞬间全改变了。

　　直到20世纪50年代初，鄂温克族的社会仍处于原始社会的末期——属于父系仍遗留着母系痕迹的社会形态。在博物馆走一圈，

在敖乡学校与乡长和校长合影

陈列的文物为我揭示了兴安岭森林的二百年的变化，保存着一去不复返、千万年森林游猎生活的一些原貌。该博物馆现在已迁到了根河附近，博物馆的建筑和陈列，比以前现代得多，但展出文物却不如旧馆多，说是面积所限，令人不无遗憾。

  鄂温克族是一个很古老的民族。自古以来，从贝加尔湖东到黑龙江以南的寒温森林地带，都是他们的活动范围，千百年来，以狩猎捕鱼和饲养驯鹿为生。唐朝时，以额尔古纳河和黑龙江为腹地的室韦部落群中，称为北室韦和钵室韦的，就是其先祖。从大兴安岭走出草原的蒙古族先祖蒙兀室韦，也属室韦部落群的成员。但是，蒙兀室韦属蒙古语族，北室韦和钵室韦却是通古斯族语，与中国史籍记载的肃慎、挹娄、勿吉、靺鞨、女真是同一个语族。室韦，是由地缘和森林游猎生活形态组成的部落群。在森林中的蒙古人祖先，过的就是博物馆所见与鄂温克族相近的游猎生活。唐代时刚从森林走入额尔古纳河草原的蒙古人祖先，过的还是狩猎结合游牧的

森林原乡最后的守护者:鄂温克族与鄂伦春族

在敖乡所购的桦树皮做的用品(孔群摄)

生活。与鄂温克族一样,在大兴安岭另有历史悠久的鄂伦春族,变化亦如此。清人方观承来到鄂伦春族居住的地方,以诗纪其事说:

> 鄂伦春隶索伦围,庐帐千家裹桦皮。
> 大树惊貂凭犬得,深山野鹿任人骑。

据说,现今鄂温克族中仍维持养驯鹿的族人,大都住在大兴安岭,但人口不多了。他们大部分居住在大兴安岭和额尔古纳河之间,过的是草原游牧和农业定居的生活。几千年来,不少地方人类生活形态的演进,都是从森林游猎走向草原游牧,再进入农业定居阶段的。近二百年,这种演进,也无可抗拒地降临在中国大地上作为狩猎民族最后孑遗的鄂温克族人和鄂伦春族人身上,他们中有些甚至跃进到现代城市的生活。留在敖乡、人口不到二百的鄂温克族人,在20世纪50年代,他们中的每个猎户在新建镇上都有政府供

与鄂温克族老人合影　　鄂温克族人生活

应的定居房子。不过,直至90年代,有些猎户和猎民仍维持着在山上狩猎和饲养驯鹿的生活。这是我们首选敖乡为第一站的缘由。由一位三四十岁的鄂温克女族人带领,我们入山探访了森林深处的两家猎民点。这位女族人50年代下山定居,是接受过现代教育的第一代族人。她的母亲曾是个萨满。萨满教是中国北方森林和草原民族最古老、最普遍的宗教信仰。蒙古族人就是信奉萨满教的。成吉思汗本人,最信奉的仍是萨满教。

先来到的一家猎户,四代人七八口,住在传统的"撮罗子"里,"撮罗子"又称"仙人柱"。约20平方米大,帐内旁侧有床,搭有架子,满挂着风干的肉条,中间设有火炉,正在烤薄饼。家用器具,甚至身上穿戴,大都是桦树皮和动物皮毛做成的。"靠山吃山,靠水吃水"这种人类长久以来的生存道理,一目了然。现代社会尤其是大城市,人们已失去了这种感觉。失去这种感觉,或者说

森林原乡最后的守护者：鄂温克族与鄂伦春族

撮罗子内牧民在晾肉干（孔群摄）

得再文一些，就会失去敬畏大自然的心灵，而失去敬畏大自然的心灵，人就变得自以为是。追本溯源，人类文明的初启，甚至可以说是从敬畏大自然开始的。这猎户养着近百头的驯鹿，属寒温带特有的动物。驯鹿虽说是饲养的，却野放。我们刚好碰上驯鹿回来吃盐和避蚊，一家人为此各自忙着。放暑假回到山上的孩子们，骑在驯鹿背上玩耍。方圆几十里，就只这户人家，荒山野岭的，看来生活十分简单寂寥。私下问起他们，从七八十岁的老人家到七八岁的孩子，都毫不犹豫地说，喜欢留在山上。一位五六十岁的女主人唠叨着告诉我们，比起以往，现在山上满是人，太喧哗了。因为他们

119

驯鹿群

小孩子骑驯鹿

以前方圆几百里，可能只有一两户人家。现在山上走动出入的杂人太多了。她又说，每次进城，都很头疼，容易迷路。她指的城是海拉尔，二十年前我到过那里，只有几条街，可能我只是走进市内某区，都是三四层的楼房和笔直的、可一眼望穿的街道而已，与现在已成大城市的海拉尔是两码事。在我们看来，漫无边际，人在森林内不见天日，也分不清东西南北方向，她却说，走周遭几百里以内，从不会迷路。为了让我们拍摄著名的"撮罗子"，两位青年族人特别选了一个多松林的地方，表演搭"撮罗子"，就地取材，连砍树到搭成简单的"撮罗子"，不到一个小时，利落得很。这户人家的撮罗子的外边，除了驯鹿外，我留意到搭着一个相当大的架子，架上放满似是由桦树皮做成的大小箱子，架子比人高得多，要用爬梯才可以攀上去。据他们解释，这是他们储藏各种用品和食物的货仓，称为"奥伦"。因为"奥伦"搭建在外边，如主人远猎出去或迁移到其他猎场，经过这里的其他猎民，如有需要，可挪用或借用。搭高架，防的是森林野兽。了解如此这般事情多了，就了解了在森林中，不尽是现代人理解的弱肉强食的"丛林法则"，而另有长久传承下来的包含不少良规美俗的"森林法则"，他们的一些规则、观念和习惯，可令"文明的现代人"惭愧的。

我们接下来所到的另一家猎户，"撮罗子"就很简陋，或者只属临时放牧驯鹿的居留点。住着的只一个人，就是曾当过萨满的带路人的妈妈。竟然能见到一位硕果仅存的萨满，机会难得。我们拼命探问关于萨满的种种。老人家很随意地谈着，由她女儿翻译，但女儿总不愿母亲说得太多，相信是新一代认为这是封建落后的东西，又或者是受历次运动"反封建"余悸的影响。二十年前，仍未

搭建撮罗子

小撮罗子

有现在觉得的这是一种文化遗产的念头。有形无形的"文化遗产",不少都是在社会新旧过渡期间不经意中消失的。前年刚去过大兴安岭,导游金小姐说与这位萨满老人家有亲戚关系。据她说,这位末代萨满在九十以上的高龄才去世。真是福气,能探访和亲炙有千百年历史的原始宗教的最后萨满,对我这个学历史的人来说,这是一份沉甸甸的缘分。中外学者研究这种古老宗教的著作不少,有兴趣可找些来阅读。萨满教,作为欧亚大陆北方民族信奉的有悠久历史的原始宗教,其历史学和人类学的意义是重要的。中国北方不少的民族,鄂温克族以外,鄂伦春族、达斡尔族、赫哲族、满族和蒙古族都信奉萨满教。清代北京紫禁城的乾清宫,就设有拜祀萨满的地方,可见满族人之敬重萨满教。萨满教最大的教旨是"万物有灵"。萨满,是人神万物的"通灵使者",为族人除病、驱魔、祈福。

从我一个没有研究的人的角度来看,萨满传说的一些"特异功能",相信是森林民族在长期生活中,掌握了大自然动植物的一些习性与山川气候甚至人体功能的规律而积累的经验。动植物皆有

萨满布饰

情,甚至可说成是有灵,这是人们常轻忽的。萨满们经过几千年的传承积累,懂得了一般人不认识的动植物的"情"和"灵",这就是萨满们能有一般人所无的"特异功能",相信日后大都可以用科学加以说明。至于因拥有一些"特异功能",变得神秘而服务于宗教的人物,又是另一回事了。

人们的生活心理是很复杂的,不好以一己的习惯、情感和心理,去妄自指摘人家。活在"动感"都市的我们,耐不住一点儿寂寞,郊野农村也待不住,更何况荒漠的原始森林。心内只存着自以为是的念头——"落后",这样对猎民的生活心理,对他们喜爱大自然的生活情感,是永远不会明白的。这完全是大城市人的小心眼儿。

近年,为保护森林,亦为适应现实和保障鄂伦春族人的生活,政府让他们从满归镇北部集体南迁到根河市近郊,另辟更大乡址设立的牧民定居点,原址划归满归镇。这里也成了新开发的旅游景点,比之在满归镇北部所见,难免少了些原始味道。几十年来,鄂温克族人已搬迁过很多次了,从奇干到龙山,再到敖鲁古雅。鄂伦春族和鄂温克族的狩猎民族,千百年来本就是以迁徙为常的。从西伯利亚的贝加尔湖到大兴安岭,在大兴安岭北部方圆千里的森林,他们都是驱着驯鹿,逐苔藓而迁的。不同的是,过往是为游猎而搬迁,现在是为定居而搬迁。近几百年来,俄国人东进,森林资源遭到破坏,狩猎民族的生存天地愈来愈少了。

交通和信息沟通日趋便利,已到了无远弗届的地步,森林变得不再遥远和神秘,地球上再难有秘境了。现代式生活和人的价值,日渐渗透到地球的每一个角落,作为大兴安岭狩猎民族的孑遗,

森林原乡最后的守护者：鄂温克族与鄂伦春族

鄂伦春族新村

何独不然？如何保护、保存一种古老的生活形态，是一大世界性难题，没做研究不好好周致思考，率尔妄评，只反映了无知。二十年来，世界因科技的发展丕变，对我们城市人的影响也是史无前例的，我们觉得进步与方便之余，也眼睁睁看着我们留恋的过往生活习惯和价值的被摧毁。我们怎能一厢情愿地希望过着森林生活的人，原封不动！这是不可能的。森林生活确实是艰难的。所以几千年来，一波一波的森林民族冒着不可预知的风险走进草原游牧，走进农业耕作，再走进城市。二十年后，我再到鄂伦春族人生活的地方，也明显地起了变化。为了谋生和生活的方便，满归镇的民众搬迁了。定居点成了旅游点。在聊天中知道，年轻友善、脸挂笑容的导游金小姐，是鄂温克族人，她的丈夫是满族人。而协助我们的

125

顾德清先生作品　　　　　导游金小姐

　　海拉尔旅游局的路女士，已养大孩子，她本人是蒙古族人，丈夫是达斡尔族人。在根河附近的鄂伦春族的一个养驯鹿人家的男主人，是汉人，大概是入赘鄂伦春族的人家吧。鄂温克族博物馆的馆长顾德清先生，在1982年至1985年，用了三年时间只身探访了几个大兴安岭的狩猎民族，写成了《猎民生活日记》一书，分外有价值。内中说他到过敖鲁古雅鄂温克民族乡、阿龙山、北极村、阿里河等地，都是我们二十年前去过的地方。他随着猎民同行，艰苦得多了，哪有我们走得轻松。他说道，1965年敖乡鄂温克族人从奇干迁到这里，到他探访时，只有164人而已。族民中已有两代人与汉人结婚了。顾先生的1985年距我们1996年去的时候，不过十年，他书中描写的森林风貌和族人生活，已有相当变化了。

　　1949年以来，政府极力保护少数民族与改善他们的生活环境，用心良苦。然而，躐等而进，往往产生不少后遗症，如族内人数太少，会形成近亲通婚，不利繁衍，又如生活形式突然转变，族人不适应，虽不愁衣食，却有不少人无所事事，终日饮酒为事，造成一系列社会问题。顾先生书中记载、描述猎民最多的生活情状，就是好酒、酗酒之事。到我们去的时候，因酒乱性仍是猎民族人很突出的社会问题。新近这二十年，又过去了近一代人，千百年的相对封闭的环境和生活形式变迁更大了，人的价值取向和观念怎能不变？时潮滚滚，现在的交通和信息无远弗届，成了推动社会转变的最大动力。如何在此种大变迁中，适度而合理地去保护有形和无形的"文化遗产"，才是人们要思索的问题。保护，看似是维持一千几百人一时的事，其实是一种历史文明的保育。发展与保护，是吊诡的人类社会课题。这课题不仅关乎中国大兴安岭的最后狩猎民族鄂温克族和鄂伦春族的遭遇，也关乎中国的云南、贵州等地区少数民族和台湾地区的高山族，以至北美的印第安人、澳大利亚的毛利人及非洲大地上诸多原始部落人群的遭遇。这需要主政者有大文化智慧，有长远的眼光。

仍扎根于千百年山林中的鄂温克族人和鄂伦春族人，是森林原乡的最后守护者，曾念文明史专业的我，竟能亲眼看到，这是时代的恩赐，庆幸何如！

2015年7月，我们来到大兴安岭，抵达了"冷极村"。冷极村距根河市仅55公里。说是村，但占据了相当大的面积，且大都是疏林、荒野地和种植场，只有几户人家，过的是农耕饲养与森林采摘的简朴原生态生活。旅游开发之后，他们也经营点开农舍饭馆和售卖土产的小买卖。与他们的交谈，又见证了一个时代历史的终

冷极村饭馆

结。他们原来是 20 世纪 50 年代在年轻的时候，为支援森林资源的开发，从河北或山东背井离乡，孑然一身，千里迢迢，为着国家的富强，迁来从事垦木工作，落户林场，一晃就是几十年光景。随着近年日渐减少垦伐森林，火热的林场变得冷冷清清了。近六十年的落地生根，这里成了他们新的家乡。2015 年 4 月，政府全面禁伐大兴安岭林木的法令出台，要长期维护、保育大兴安岭大森林的原生态。冷极村村民转身于新的生计：有些由垦木户转变为护林户，有些另以种植、采集和经营饭馆为生。这次到来，距禁伐令出台只三个月，随处可见保护森林的标志。

# 千年之覆的嘎仙洞

对于大众,"考古"或许是一门很沉闷的学问。事实上,考古不仅不沉闷,一个考古项目的发现,过程有如寻宝游戏,引人入胜。不过考古工作是很艰苦的。考古的发现,时常会揭开历史的谜团,令人振奋。位于大兴安岭的"嘎仙洞"的发现,就是其中的例子。

离开了敖乡,我们朝东南走,前往阿里河镇。阿里河镇住着跟鄂温克族有亲缘关系、同是现今大兴安岭森林狩猎民族的孑遗的鄂伦春族。到阿里河镇的一个重要目的,是要见识20世纪80年代一个重大的考古发现——嘎仙洞。这个山洞的发现,像打开了中国历史时光隧道的一扇大门。从那里开始,揭开一段迷离的历史,再综合几十年来的考古发现,草蛇灰线,让我们跟随着原来生活在大兴安岭森林的狩猎部落——拓跋鲜卑族,走出了森林,进入蒙古高原。他们转身成了一个游牧民族,又辗转南下进入黄河流域的中原,在中原建立了北方民族第一个王朝——北魏。在中国历史文化上,这真是一段大放异彩的神奇历史旅程。

我们从呼伦贝尔草原,经室韦镇,再上大兴安岭,是为蒙古族人寻根。作为森林狩猎民族的蒙古人祖先,在大兴安岭森林的身影,早已化作落叶积泥,了无痕迹。现今仍生活在兴安岭地区的狩猎民族孑遗的鄂温克族和鄂伦春族,就有蒙古人祖先的影子。阿里

嘎仙洞地理环境

嘎仙洞洞口

嘎仙洞外景

嘎仙洞内景

河镇有一所具相当规模的民族博物馆,文物陈列十分丰富,足够让我们认识森林民族的文化和生活的轮廓。在他们之前的鲜卑、乌桓、契丹和女真等我们比较熟悉的北方民族,都起源自大兴安岭,都曾在森林中过着狩猎捕鱼的森林生活。在中国大地上,至今仍处于较原始状态的大兴安岭森林,其实洋溢着夺目的历史神采。历史上曾活跃一时,甚至建过赫赫功业的大多数北方民族,在莽莽林海,于茫茫草原,雁过留声,潇洒地走过,不大留下痕迹。只有拓跋鲜卑,经近几十年的考古发现,却能脉络分明,让后人追踪他们千年以上的神奇历史旅程,实属异数。从世界历史的角度而言,能如此清晰地了解一个民族的历史演进过程,也是罕见的。这就是吸引我们来到他们在森林的祖庭嘎仙洞的原因。

从鄂伦春自治旗治所阿里河镇,乘车颠颠簸簸的,向西北约走

10 公里，来到了一高达百米、巍然陡立的石岩峭壁下。沿峻峭的山路上爬 20 米，就抵达洞口呈正三角形的嘎仙洞。洞口真大。从外朝内张望，也会觉得山洞不小。往里走，想不到洞内会如此开阔幽深。据测量，说洞内进深是 92 米长，横阔是 28 米，洞顶最高处有 20 米，面积达 2000 平方米，宏伟有如一座大展览馆，挤满可容数千人。

嘎仙洞在当地，不算偏僻。鄂伦春族人一直知道这个地方，并流传着一些动人的传说和神话。但是，直到 1981 年，考古学家米文平先生在离洞口西侧不远、千年苔垢斑驳漫漶的石壁上，发现了完整的"石刻祝文"，才让不为外界所知的嘎仙洞，声名远播。嘎仙洞"石刻祝文"的发现，在历史研究上，破千年之惑，揭开了一段重要历史之谜。在嘎仙洞发现的"石刻祝文"，竟与《魏书·礼志》所载，内容大抵相符，也证实了《魏书·乌洛侯传》记载的真实。记载是这样的：

> 乌洛侯国，在地豆于之北，去代都四千五百余里……世祖真君四年来朝，称其国西北有国家先帝旧墟。石室南北九十步，东西四十步，高七十尺，室有神灵，民多祈请。世祖遣中书侍郎李敞告祭焉，刊祝文于室之壁而还。

文中说到的世祖真君，是指北魏第三代君主拓跋焘，太平真君四年，即公元 443 年。拓跋氏北魏，是历史上第一个入主中原，统一黄河以北，建立了王朝的少数民族政权。长久以来，因为《魏书》有这段记载，中外学者殚精竭虑，欲破解该族的发源地，但一

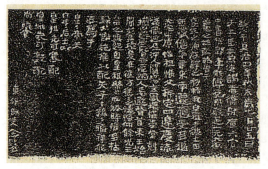 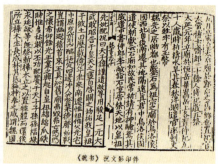

嘎仙洞石刻祝文拓片　　　　　　　魏书原文

直众说纷纭，莫衷一是。直到嘎仙洞"石刻祝文"的发现，才一锤定音，揭千年之覆。大兴安岭北部的大鲜卑山，原来就是拓跋鲜卑的原乡，而嘎仙洞就是其祖庭。

《魏书·序纪》对拓跋鲜卑的祖源，是这样记载的，说在大兴安岭：

> 国有大鲜卑山，因以为号。其后，世为君长，统幽都之北，广漠之野，畜牧迁徙，射猎为业。……积六十七世，至成皇帝讳毛立。聪明武略，远近所推，统国三十六，大姓九十九，威振（震）北方，莫不率服。

北魏创建者道武帝拓跋珪迁都平城，诏定国号，也说："昔朕远祖，总御幽都"，"逮于朕躬，处百代之季"。如此看来，鲜卑之族兴，远祧百代，可追溯到夏、商之世。直到东汉年间即公元初迁出，他们在森林的狩猎生活，长达一千七百年，是一个很古老的民族。

继"石刻祝文"面世，在嘎仙洞内外，陆续出土了不少石、牙、骨、陶和青铜制器物，也有不少野生动物骨骼化石。《魏书》上的百世之说，不完全是夸饰。至少，由洞内外发现的出土文物，说明了鲜卑族人在森林，一直过着原始而漫长的狩猎生活。在历史上被称为"第一推寅"的第六代酋长拓跋推寅的带领下，迁出森林之前，已是一个拥有三十六个山头，统率大小近百血缘氏族的原始部落了。

嘎仙洞虽然是个自然洞穴，只要细心观察，不少地方都有人工修整过的痕迹。洞堂结构，隐然可分前厅、中厅和后厅的几个部分。中部大厅上堆放的巨大石块，虽见散落，但依然平整有序，很适合围坐聚议。洞壁也见斧凿削理过，甚至留下烟熏的痕迹。走出洞口，站在左边一块巨大的临崖石块上，可俯瞰几十米下的开阔空地。想象一下，顾盼自豪地陪着萨满，主持祭祀，下面篝火熊熊，众信歌舞鼎沸、敬礼神灵；又可以想象下，伴随着族长，誓师出战，武士们士气高昂，携弓佩剑，呼啸声喧。嘎仙洞地处大兴安岭北段的峰巅，错落群山围绕，森林密布，从洞口外望，一览无余。正向百米之遥，有一条小河流过。虽称为河，不如说是一条浅溪。走近看，溪水湍急，清澈见底，确是一处古人类天然生息的绝佳地方。新近重临阿里河镇与嘎仙洞，已整治成为一个热门的旅游点。设施、交通都完备了，当然已不像二十年前的荒芜。嘎仙洞下面原来的荒野空地，路面已铺上水泥，圈上石雕围栏，地方整洁了，游客方便了，原来荒地外、疏林间清澈可鉴的溪水却不见了。既然要开发成旅游点，整治是免不了的，但总觉失去了原始的味道。幸好，洞的周围和远观，仍能保持原生态的景象。

嘎仙洞外的清溪

北魏祭祖意想图

北魏太武帝派大臣李敞一行，从中原的平城，跋山涉水，千里迢迢，来到大兴安岭鲜卑族人先祖的旧墟石室，拜天地祭祖先，上距鲜卑族之离开大兴安岭，已四百多年了。这时期的鲜卑族，已华丽转身，生活模式、血缘与文化，已一再蜕变，并建立了中原式的王朝，进入了中国文明的核心序列。鲜卑族几千年的演进过程，在中国历史上不乏其例。只是鲜卑族的历史更悠久，演进过程更神奇，演变的模式更典型而已。

# 拓跋鲜卑神奇的历史旅程：百年的草原闯荡

20世纪80年代初的几回"丝绸之路"旅行，90年代中期内蒙古草原的多次考察，使我踏进了广阔却陌生的中国西部和北部土地，开阔了我对中国历史和地理的认识，逐渐跳出了固有的"中原中心"的狭隘观念。追踪了拓跋鲜卑的历史旅程，更令我对中国历史文化和民族发展的内在特质，有了全新的认识。

拓跋鲜卑人一走出大兴安岭森林，抵达蒙古草原，历史命运就从此改变了。他们舍弃了1700多年相对宁静的狩猎生活，此后约六百年的时间，生活在腥风血雨中，最终却为中国历史和中华民族铸造了一页耀目的历史篇章。

拓跋鲜卑走出了森林，沿着根河顺流向西，再经额尔古纳河向南，来到呼伦湖和呼伦贝尔草原的腹地。其后的契丹族、蒙古族，接踵其后，路径大致相仿。20世纪60年代初，著名史学家翦伯赞先生在其《内蒙访古》中即指出："假如呼伦贝尔草原在中国历史上是一个闹市，那么大兴安岭则是中国历史上的一个幽静的后院。"这篇纪游是很有史识、可读性又强的大手笔。文中的几个论断，三言两语，就道出了蒙古草原在中国历史甚至世界历史发展上的秘密，令人佩服。呼伦湖和呼伦贝尔草原，至今不但是世界有数的优美大草原，几千年来，它总成为从大兴安岭森林走出来的民族在此

拓跋鲜卑神奇的历史旅程：百年的草原闯荡

鲜卑族的迁徙意想图

适应新生活、转型和壮大的地方，也是中国几千年重要的历史舞台。

我们一行众人，曾乘飞机掠过了大兴安岭上空，又坐车穿越大兴安岭山林。初时心中颇为疑惑，甚至说有些失望。心目中，在中国地理上赫赫有名的大小兴安岭山脉，必定雄伟壮丽无比。空中俯瞰，地上眺望，全不见崇山峻岭的气势，眼底下只是平缓的河流、起伏有致的山林而已，跟我们在中国西南云贵高原所见的山脉大不相同。中途，才恍然有悟。正因为大兴安岭宽广平缓的山势，西面紧靠着落差不大的蒙古高原，山脉贴着高原，森林偎着草原，似相隔，实相连。这样的地貌结构，才让一代又一代的森林民族呼啸而出，闯进呼伦贝尔大草原。呼伦贝尔草原，就成了中国历史上另

扎赉诺尔鲜卑墓陈列厅

扎赉诺尔鲜卑古墓群

一个帝王州。从历史结合地理，我们就会领悟中国历史上的一个秘密：几千年来，进逼中原而能建立王朝的，总是北方的游牧民族，而非西南众多的少数民族。云贵高原的崇山峻岭，深谷鸿沟，咫尺天涯，让大家只能各自画地为营了。

当时鄂温克族博物馆的馆长顾德清先生跟我们说，狩猎民族在森林的迁徙，总是顺着河流，一个山头一个山头地前进。此番向新馆馆员打听，可惜顾馆长已辞世。顾馆长是达斡尔族人，温文尔雅，与我有过几回往来通信，几蒙惠赠大作。那时他接受我们的访问，不厌其烦地予以解说，令人至今印象深刻。翦伯赞先生说得对："从狩猎转向畜牧的生活并不是一种轻而易举的事。"生产和生活形态的转变，从来都是艰难的。回顾19、20世纪中国走向现代化的历程，一百多年间，付出了多少牺牲，才能避免亡国灭种的厄运，这是中国历史艰辛而伟大的一页。要实现真正的现代化，变得富足而文明，我们仍需要不断探索与奋进。历史告诉了我们，有上进心的民族总是希望向前迈进的。鲜卑族一代雄主推寅，带领族人离开叠嶂密林，走进茫茫草原，这或许是在赌一个民族的命运，但也是对民族实现新发展雄图的寄望。

在现今呼伦湖周遭的克鲁伦河、伊敏河、海拉尔河、根河和额尔古纳河等河流域，都发现了鲜卑人的古墓群。我们专程赶赴札赉诺尔和拉布大林等鲜卑人不同时期的墓葬遗址，虽然不懂考古，经考古专家朋友一解说，就多了一份感性的认识，走近了一段陌生的历史。从森林到草原，沿着鲜卑人的迁徙路线走过来，亲临遗址，观摩出土文物，让我们一路沉醉于鲜卑人的时光隧道中。

# 拓跋鲜卑神奇的历史旅程：再闯农业文明新天地

西迁到草原百年，经一番起伏，拓跋鲜卑人成功地转型成为较先进的骑射游牧民族，而且在残酷的生存搏斗中日益壮大。公元纪年前后，称霸蒙古高原好几百年的匈奴族，经中原王朝西汉和东汉的打击而衰落，拓跋鲜卑遂取而代之，并融合了匈奴血液与文化，称霸蒙古高原。不久，他们发现比起草原，另有更广大的天地——农业与都市文明的世界。被称为"第二推寅"的第十三代首领邻及其儿子诘汾，以"此土荒遐，未足以建都邑，宜复徙居"，再次率族南迁。居住在呼伦湖草原时期的鲜卑人，相信已知道在遥远的南方，有着更富足、更先进的农业都邑生活。在他们的墓葬中，出现不少属中原东汉时期的矩形铜镜、龙凤纹如意织物、铜铁用具、钱币等文物。这些物品，即使是间接得来，也无碍鲜卑族人通过物品打开对中原农业文明的憧憬。

由诘汾率领的鲜卑人"南迁"，行程更为艰苦。《魏书》是这样描写的，沿途"山谷高深，九难八阻，于是欲止……历年乃出，始居匈奴之故地"。按墓葬遗址作为线索，可以推断这回他们是沿着伊敏河向南，穿越大兴安岭，经过高山密林和河谷沼泽行进的。走出了大兴安岭森林南端，他们在乌尔吉木伦河附近停留了一些日子。

不知何故，他们竟然横贯蒙古高原，万里长征，直扑草原西部，这时正是东汉后期朝政糜烂的桓、灵年间，也是我们熟悉的"三国时代"前期。他们加入了檀石槐的鲜卑部落大联盟，第二推寅被封为"西部大人"。可见其时鲜卑已具备相当实力，他们沿途绾合了匈奴、丁零、柔然、东部鲜卑以及西边各游牧民族，形成了以鲜卑为核心的一个复杂的军事部落大联盟。以一个强大的部落为核心，绾合不同部落，组成了部落同盟，甚至融铸成一个新的大民族，是北方草原民族壮大发展的模式。之前的匈奴、东胡，之后继起的突厥、契丹和蒙古，莫不如此。这是中国几千年历史的一种发展形态。中原先是经黄帝族和炎帝族，混融成"炎黄族"，再经冲突而融合了东夷和南蛮，成了"华夏族"，到了秦汉时期，形成"汉族"。自此以中原大地为核心，以汉族和华夏文化为主体而建立统一帝国。约略同时，北方地区的游牧民族，也有类似形式的发展，即是以一强盛的部落，绾合了其他游牧民族，而组成了大民族或部落军事同盟。双方隔着以长城为象征的分界线，南北对峙，形成了长期南北抗争的历史。这种状况，似印证了20世纪英国著名的大历史哲学家汤因比所说的"均势理论"互动的历史发展规律。不同的地方只是北部中国长期处于部落联盟状态，不像南部中国，能以汉族为主体、汉文化为核心，农业和都市文明为主导，建立起政治社会健全制度的帝国体制。这是中华民族形成前中国大历史的总趋势。

不久，随着首先统一了北边的另一支系鲜卑族檀石槐军事联盟的崩溃，拓跋鲜卑便在诘汾的儿子拓跋力微的统率下，长途跋涉，来到漠南阴山一带。从此他们踏进了游牧和农业两种文明传统对峙

盛乐城遗址（孔群摄）

的前沿地带，亦即史书所说的"匈奴之故地"。公元 258 年，即三国时代的末期，他们在原汉代的定襄郡建立了第一座都城——盛乐城。城址在今呼和浩特南面的和林格尔地区。我们曾专程到盛乐旧址考察。原城规模范围依稀可见，而在早成为农田的旧城址上，砖瓦陶器的残片俯首可拾。那次陪我去的是时为文物处副处长、后担任处长的王大方先生。彼时尚是冬天，残雪片片，草木枯萎，大地苍茫中带有几分苍凉，向南望就是山西境的右玉县。

以盛乐城为中心的拓跋鲜卑政权，称为"代国"，历时一百五十六年。代国时期的鲜卑人，是混融北方多民族的部落联盟，且为中原汉王朝晋朝的属国，并逐渐汉化。建起都城的鲜卑，已然突破了以往草原游牧军事联盟的格局，具备了半农半牧的初期王国的形态，在中国历史上，为游牧民族开出了新局。

盛乐城残垣

盛乐城遗留下来的砖瓦残片

代国在公元376年亡于五胡十六国的前秦，十年后，前秦主苻坚在著名的"淝水之战"中败亡，拓跋珪在盛乐城复国，再南下河南，迁都山西的平城，即现今的大同，国号为"魏"，史称"北魏"。北魏是中国历史上由游牧民族在中原地方建立统一王朝之始。魏晋史学家逯耀东说迁都平城，是"拓跋氏部落从草原文化过渡到农业文化的象征"。北魏建国约一个世纪，六传而到孝文帝。孝文帝迁都洛阳，推行"华化政策"，成为中国最为人津津乐道的一段历史。由盛乐，到平城，再到洛阳，标志着拓跋鲜卑这个民族，从生活形态到文化风俗以至血统的阶段性的蜕变，最后彻底融入中国文明和中华民族的大流中。这种蜕变是在刀光剑影、惊心动魄的各种抗争和文化互融中形成的。

北魏的疆域虽然只及中土北部，是南北朝时期北朝的一个王朝而已，但它在中国日后历史的塑造和文化的发展中起过重要的作

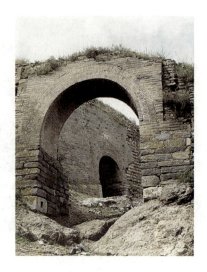

平城遗迹

用。唐初备受称赞的"府兵制"等制度，就是承袭和发展了原先北魏的制度而建立起来的。世界闻名的敦煌石窟，是从北魏开始的，粗犷而自然的线条、色彩浓烈的壁画艺术，过目难忘。山西大同的云冈石窟和河南洛阳的龙门石窟，只要站立在大佛的面前，那种夺人心魄的造型和气度，来看过多少次，内心都会感到震撼。佛教虽然始于东汉，但广为传播、深入人心和社会，却在北魏时期。魏碑法书，为日后历代书法家创作之依托。北朝经术与南方经学并驾齐驱，虽然都传承自汉代经学，而各自发展，各领风骚。凡此种种，都属于北魏时期所创造的永垂不朽的文化遗产。20世纪二三十年代开始，以陈寅恪为先导的魏晋南北朝史的研究勃兴，鲜卑北魏史也成一时显学。汉、胡民族的文化冲突与融合，是研究的焦点所在。因为这个时期，正处于夏商以来几千年未有之巨变期。情况一如晚清大宦李鸿章所深深感受的，是"三千年未有之变局"。魏晋南北

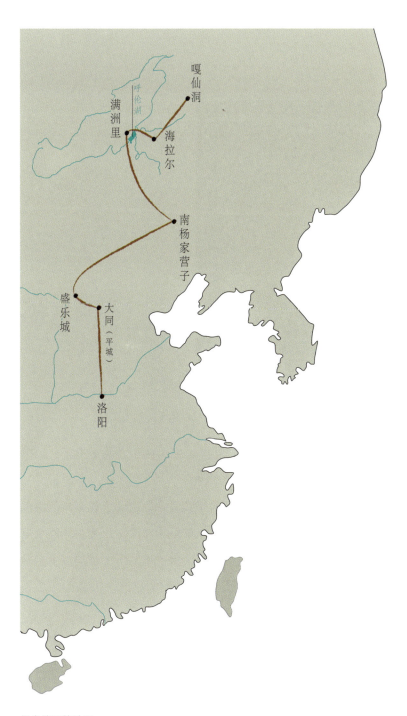

鲜卑族迁徙地图

洛阳龙门石窟留影

朝时期历史研究的勃兴，正是 20 世纪中国在西方的逼迫下，关乎民族和文化存亡的现实背景下的产物。

进入了黄河河套及长城内外的拓跋鲜卑，主导了几百年的中国历史，为北方民族和文化最终汇入以汉民族和汉文化为主体的大流中作了先导，并为日后隋、唐开出更大的一统的历史新局奠下了基础。从大兴安岭森林出走算起，贯穿拓跋鲜卑这个民族的历史特性，是气魄宏大的自我蜕变的能力。

拓跋鲜卑六百多年的历史旅程，最后开创了中国历史南北民族、文化汇流的格局。此后的契丹、女真、蒙古和满洲，接其踵，一脉相传，莫不如此。再远眺上古茫茫，炎黄东夷部落之融铸成华夏，吴楚之归融入秦汉，隐约间如出一辙。拓跋鲜卑神奇的历史旅

大同云冈石窟

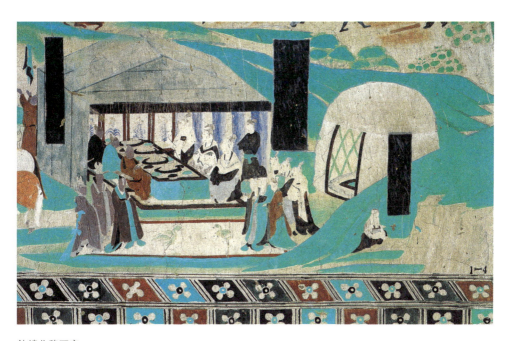

敦煌北魏石窟

149

魏碑拓片

程，为我们昭示了中国历史发展的一个大秘密。自新石器时代开始，以黄河和长城为界，因气候和地理分为南北两部：南面是农业文明，北面是游牧文明。几千年间，在现今960万平方公里的大地上，南北不同的民族、不同的生活形态不断冲突，也持续地相互影响和交融，最终汇流成历史。换一种说法，几千年来的中国历史，可以简括为中国大地上南北民族和文化的双轨互动凝聚而成的历史。清朝的统一使南北分界渐次泯灭。辛亥革命后，面对强大的外国势力的进逼，经过不断抗争，尤其经过抗日战争的血肉洗礼，中华民族终于抵成，并承袭历史演化的脉络，顺势转化成一个近代形态的民族国家。

# 历史的交汇点：室韦镇

有些地名，分量特别重，因为它承载了历史。"室韦"这个地方，在内蒙古地区并不显赫，甚至鲜为人知。只有去过了，了解了，才晓得它的分量。

拍摄组为了要不要去室韦镇，曾有过认真的商议。拍摄日程既赶，又不顺路，专程到室韦镇往来要多三天，又不知道有什么可以拍摄的。只知道，蒙古族人由大兴安岭走下来，第一站就屯驻在这里。蒙古族人的历史，记载最早的可推溯到唐代称为"蒙兀室韦"这个地方的部落。纯然冲着这种历史记载，相信走一趟是值得的。抵达后，才发觉，幸好没错过。室韦这个地方太值得来了。它的历史内涵，比我们了解的丰富得多。

从拉布大林这个地方起程，朝北走。最初的三个小时，走的一直是无遮无挡、一望无际的草原公路。后段的路程，是在山坡和森林边缘交接地带中穿行。愈往后，我们愈觉得车辆在爬着坡路。远望山峦满披着翠绿，近看却是密林。前后走了五六个小时，终于看见土马路旁竖立的"室韦镇"的路牌。淫雨霏霏，周围湿漉漉，不像我走过内蒙古的其他地方，干燥清爽，倒像江南梅雨季节，有些奇怪。后来听年轻文雅的镇长解释说，室韦位于大兴安岭的西坡，挨近森林山区，仍然受到海洋性气候的影响，每到秋季，午后总是

去往室韦镇的路标

从额尔古纳河畔远眺的室韦镇

下雨。这里雨水过多，不宜发展农业，草含水分过多，也不适合牧业。怪不得大片的平原上，不太见大面积的农田，也少见遍地成群的牛羊。农牧靠的是水，但雨水太多，却不适宜农牧，这有点超出生长于南方的我们的常识。蒙古族人祖先走出熟悉的森林，来到新天地，农牧都是他们不熟悉的生活形态，再加上此地不太宜牧宜农，其生存之艰难可想而知。

镇上都是木结构平房，排成街道。我们刚抵达招待所，临院子的小厅内，站满了人，乱哄哄的，很多人在看热闹。几位年轻的姑娘结着长垂及腰的辫子，身材高挑，面庞呈鹅蛋形，皮肤白里透红，一双双蓝眼睛，围着我们好奇地瞧着。这种情景，让我们一时脑筋转不过来，为什么这里会出现这么多的"洋姑娘"？还来不及打听，只见厅内左墙壁上，挂着两个时钟，一个标示的是北京时间，另一个标示的却是莫斯科时间。跑遍大陆，这是我从未见过的景象。卸下行李，与时任香港文化博物馆馆长的严瑞源兄忙不迭地往外溜达。

路上，见到不少是西方人长相的居民，说的倒是我们听得懂的普通话。一位十一二岁的小姑娘，长得高挑而纯朴秀丽，踏着一辆自行车，若即若离，一条街道一条街道地尾随着我们俩。街上虽宽阔，却甚少行人。每当我与小女孩四目交接，我们互相间都带着疑惑。

到室韦镇后的一连串的疑惑，是年轻的镇长给我们解开的。他介绍，这个小镇居民有两千多人，七成却是俄罗斯裔。他们也有与汉族、蒙古族和满族人通婚的，地地道道都是中国籍，平日讲的亦是普通话，过的又是中国人的日子，但是，仍然保留不少俄罗斯民族的生活习惯，比如喜欢吃烤面包、喝酒、啃整条的酸青瓜。

巡绕了一圈，俄罗斯裔镇民给我较深印象的，首先是爱清洁。

室韦镇上的俄裔小男孩

室韦镇上的俄裔小女孩

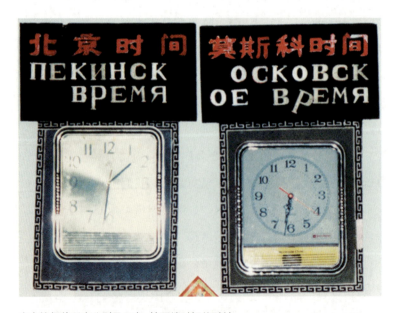
室韦镇招待所内分别显示中、俄两地时间的时钟

初抵镇上，每见房前屋后清洁整齐的，准是俄裔人家。那个时期，该镇因邻近中俄边界，属于禁区，外来者不多，境外客更稀少，怪不得当地人这样好奇地瞧着我们。当晚，吃过饭，镇上为我们举办晚会，男女老少挤满大厅，载歌载舞，载笑载言。拉的是俄式手风琴，跳着踢脚舞，一边还传递着小食和白酒，一直到午夜。这是我头一回体验了俄裔民众能歌善舞的传统，也见识了他们直率好客的性格，尤其是饮酒的时候。在室韦镇饮酒的一役，在俄裔妇女面前的窝囊相，也是难忘的。每提到当年旧事，口中笑谑的"俄罗斯大嫂"，是我对在室韦镇上邂逅的，高大、健壮、爽朗、能饮、辩言无碍、喜歌乐舞的俄裔年轻妇女留下的印象。

或许与香港出生长大的同龄人不同，我个人最早接触的异邦和异邦文化，不是英国与英国文化，而是俄罗斯及其文化。50年代在中国内地生活过的人，从小就通过电影、小说、歌曲以至时闻，认识了俄罗斯。能与童年时代的俄罗斯印象邂逅，竟然是四十年后在中国疆土东北偏远的室韦镇这个地方。那时我还未到过俄罗斯，初次邂逅，有点陌生，却似曾相识。晚会上的手风琴、《莫斯科郊外的晚上》等歌曲、弹腿上下跃动的舞蹈等，都把我拉回到儿童时代《卓娅和舒拉》《钢铁是怎样炼成的》等俄罗斯小说和电影的世界中。

"室韦"，蒙古语是"茂盛的森林"的意思。在镇上走一遭，不难看出这是一个靠森林生活的地方。难怪历史记载，走出大兴安岭森林的蒙古人祖先，在这里过的主要仍是狩猎和捕鱼的生活。10世纪西迁到斡难河的初期，蒙古人过的仍然是狩猎和捕鱼的生活，羊马并不多。蒙古人成为真正的游牧民族，竟足足经过两个世纪的岁月。历史是瞬间的,也是悠长的!瞬间与悠长,是完整历史的两面。

室韦镇上泥地街道两边的房屋,全是木造的,包括屋顶。房子四周辟有花园和菜圃,外边围上木篱笆。篱笆外堆满用来做饭和取暖的木段,堆叠得整齐有致,恍如造型艺术。沿途经过一些地方,喜欢用石块垒叠而成的房屋和围墙,用不着水泥,稳固而富造型美。石块和木头,材料虽然不同,都是千万年来人类生活的最普通的用材,经长久的技术经验积累,人们出于本有的艺术心灵,可用之打造出一种朴素的生活艺术。游走各地,不管国内国外,这样实用的生活艺术最能吸引我,也最让我欢悦感动。因为这些美,充满朴素的生活气息。一些房子的屋顶或四围的篱笆上,串晒着鱼干。因为室韦镇坐落在额尔古纳河的东南岸,也是靠河吃鱼的地方。

考古学家魏坚教授说:"室韦作为中国历史上的一个古老民族,人种、语言和文化属东胡系统,与鲜卑、契丹相近。"他的结论基于几十年来在这一带的考古发现和研究成果。室韦位于额尔古纳河下游以东、大兴安岭的北端,属于半狩猎半游牧的氏族社会的墓群和遗址陆续在这里发现。同时,在东蒙古草原的克鲁伦河北岸,也发现了蒙古汗国早期的遗存。成吉思汗与蒙古族的历史,在欧美出版界是热门题材,他们对此的关注,远远大于中国历史中任何其他题材。八九十年代,每年去德国法兰克福参加国际书展,总发现有关于成吉思汗和蒙古历史的新书出版。蒙古人西征的历史,改变了欧洲,也改变了世界。这段历史,欧洲人很难忘怀,亦一直兴趣不减。可惜,限于史料和关注的不足,对于蒙古族发源地和早期蒙古人崛起方面的撰述,多有缺漏。近二十年的中国历史考古界,浓墨重彩,大大补足了这种遗阙,勾勒出蒙古人早期发展的原貌。我们

室韦镇的街道与房屋

室韦镇的木制房屋

之策划《成吉思汗的崛起》的出版，不无要将中国考古学术成果，向社会普及、向世界推广的想法。将学术成果，适时地推广给社会大众，这本就是出版人的一份责任。

"室韦"之名，始见于北魏，是一个部落的名称。其先人原居于嫩江和黑龙江两岸与大兴安岭东西两侧一带，属东胡族系统，是以狩猎和渔捕为生的森林部落。从汉、魏时起，经几百年，逐渐西进南下，来到了额尔古纳河和呼伦湖邻近森林的地方。到隋唐时期，"室韦"成为语言习俗相近、地域相连、有二十余部落的部落联盟的总称，内再分某某室韦。室韦自唐代贞观三年，开始向大唐王朝进贡。唐朝在室韦的居地设立室韦都督府管辖。"贞观"，就是大唐周围游牧民族尊为"天可汗"的唐太宗的年号。关于"室韦"的记载，最早见于《旧唐书》和《新唐书》。众室韦部落中，居于额尔古纳河畔的"蒙兀室韦"，就是日后蒙古族的祖族，在部落联盟中，也是一个比较弱小的部落。"蒙兀室韦"的先祖走出了森林，在额尔古纳河流域生息至少有一个世纪。大抵是原来称霸蒙古高原的突厥和回鹘人相继衰落，契丹人崛起的这个时候。在10世纪末，成吉思汗十世祖孛端察儿，率族人西迁，走到蒙古高原的斡难河（在今日蒙古和俄罗斯境内的鄂嫩河）、怯绿连河（克鲁伦河）和土兀剌河（图勒河）三河的发源地不儿罕山（肯特山）一带驻牧。追溯历史，大兴安岭和额尔古纳河草原，就是13世纪初，因一代天骄成吉思汗而崛起的蒙古族的原乡。漂泊不定、来去无迹、兴灭无常的草原部落，其始见于史册的名字和原居地，经过千年的岁月，竟然得以保留，也算是历史的奇迹。我们竟又可亲临其地，遥远的历史，顿时变得离我们很近。去年到呼伦贝尔，极渴望能重临室韦

蒙古武士墓葬复原图（孔群摄）

镇，可惜因路程不顺而错过了。据说，现在的室韦镇，不仅不是边界禁区，而且成为重点开发的旅游区，甚至有五星级酒店。心底里，我怀念更接近历史原始的室韦。寄望的是，在新的开发中，不要忘记了历史，不要破坏了原有大环境，不要舍弃了原来的生活风俗，更不要丢弃了纯朴的人情。这才是长远的旅游乐土。

相传蒙古族人的祖先与别的部落战斗，被打败了，只剩下一男一女，逃入名为"额尔古涅·昆"的地方。"额尔古涅"是险峻的意思，"昆"是山岭。学者研究指出，这地方就是额尔古纳河以南的山林地带。这里群山环抱，中间草场丰盛，这对男女及其后代长期在此繁衍生息，终因人口愈来愈多，难以长久维持，而焚烧森林，熔铁出山，走到广阔的草原上。蒙古族这个古老传说，正反映了蒙古族先人由森林狩猎生活走向草原生活的一段历史，情况一如先他们走过这样历史旅程的拓跋鲜卑族人的先祖。室韦镇这个地方，都曾是他们新旧时代的历史交汇点。

如今的室韦镇仍然是山林环抱，地势明显从东向西倾斜。凭肉

在额尔古纳河岸上眺望

眼也可以判断,室韦镇地处大兴安岭和蒙古高原接壤的地方,正是森林和草原的过渡地带。蒙古族先祖在这里,住了好几代人,由森林生活过渡到草原生活,既维持传统的狩猎和捕鱼生活,也学习适应畜牧的生活。一旦积蓄了经验,熟悉了草原生活,便迈进更宽广的、真正的草原生活。如今这里再见不着蒙古先祖的生活痕迹,但是,这里附近,经考古发现的一个蒙古武士的墓葬,加上镇周围的环境和人们的生活,还是让我们依稀感觉到历史的印记。

一个时代的转换,一个民族文化的转型,最是惊心动魄的,最是艰难的,也最是让后人神往的。到过了室韦镇,更增加了我们去追寻比游牧文化、农业文化发展更早的森林狩猎文化的渴望。不仅在中国,甚至在全世界,大兴安岭仍旧存在的原始狩猎文化都几乎是绝无仅有的了。

室韦这个地方,不仅是几千年来不同部落民族和文化的交汇点,晚至近代,我们仍能在这里目睹俄罗斯人的东进,它又成为欧亚大陆东西方民族和文化的交汇点。

# 蒙古族的母亲河：额尔古纳河

室韦镇位于大兴安岭的西坡。在室韦镇，我们走上西坡，登高眺望，整个村镇半隐没在宽阔的草场中，三面却是郁郁苍苍，山林环抱。朝西望，尽是辽阔的草原。视野所及，额尔古纳河从南向北平缓地流过。河的对岸就是俄罗斯。

为了拍摄额尔古纳河，我们专程去了接近中俄界河通关口岸的河段。从额尔古纳市西去额尔古纳河，约三小时的车程。沿途都是河滩草原与丘陵草原。当时已是 8 月下旬，薄霜侵晨，草泛微黄。去年再到额尔古纳河中俄界河通关口岸稍偏南的河段，到底过了二十年，都起了变化。沿途走的是高速公路，分支公路也多了。交通发展后，草原上各种现代设施多了，人和车也多了，不像往日的荒野原始。眼前风景，一晃而过。交通是便利了，坐在车上游目眺望，有如看风景片，对草原不同的风貌，无法细赏酣味。园林大家陈从周先生，常在我面前，笑谑浮光掠影的"到此一游"。电光石火，贪多务得。陶渊明"悠然见南山"的静观遐思，成了奢侈。

我们站在河岸，对岸俄罗斯境内的远处山坡上散落的小村庄里，隐约间可以看到人在走动。我们一行坐上汽船，在额尔古纳河上下来回游弋了一番。

额尔古纳河据说是内蒙古草原上最大的河流。眼见河宽大抵有二三百米，河水浑黑，这是草原河水多腐殖质的结果。两岸长满水草与丛生的矮柳树，河面平缓开阔，流经草原的河流如同系在阔大的蒙古袍上的棕蓝色腰带。成吉思汗在八九岁之间，曾跟随父亲来到额尔古纳河探亲，所见到的河流，就是这个样子吧！走近额尔古纳河，几百年前的岁月，如电影的"蒙太奇"，一下子就被拉近了。河上长着密密的柳丛，这让我想起少年成吉思汗被近亲泰亦赤兀惕人追捕，晚上逃命，躲在斡难河柳丛中的景象。坐在游船上眺望西岸，没有边境的紧张，满溢牧歌的平和。俄国人自17世纪与清朝廷签了《尼布楚条约》，就在额尔古纳河西岸不断开拓聚落。沿途所见的村落，或许有些可追溯到那个年代。可惜，限于国界，无法越岸一看究竟。船驶在界河的中间，对岸俄境农村的景象更清楚了。河中间架上网，以示分界，中俄船只各自靠左右岸行驶。对岸一群正在游泳的青少年朝我们大声呼叫，打招呼，容貌依稀可见。我们也向他们挥手致意。

真想不到，自初中历史课中已接触到，为了考试而死命记住的额尔古纳河这个地名，一下子，其历史内容变得如此地丰富。

额尔古纳河两岸在地理上原属一体的，千百年以上，牧民和狩猎者亦跨河活动。直到17世纪清俄签订了《尼布楚条约》后，自此成了界河。室韦镇附近地区又成了新的"历史交汇点"。俄国人来到了亚洲东北部，中俄族人也通婚了。原本封闭的大兴安岭狩猎民族，走出森林，到河的右岸乌启罗夫村和甫克洛夫村，与一些俄国农民，以兽肉兽皮、自制的桦树皮筒子，去换取黑白面包，以及盐、茶、酒、香烟和火柴等生活用品。几年前，出生于漠河的女作家迟子建写的《额尔古纳河右岸》，就是以鄂伦春族百年历史变化

额尔古纳河河面平缓开阔,水面上长着柳丛

额尔古纳河对岸是俄罗斯

中俄界河石碑前留影

俄罗斯境内的村庄

为背景的文学创作。故事中不少情节涉及额尔古纳河左右岸两地人民交往的情况。在室韦镇,在黑山头,俄裔居民跟我们聊天,说他们还不时到对岸走亲戚。

自古以来,从黑龙江以西到贝加尔湖,辽阔的草原和莽莽的大森林,都是亚洲游牧民族和狩猎民族活动生息的地带。16世纪开始俄罗斯向东方殖民,1655年抵达了额尔古纳河。俄罗斯的东进终与清朝酿成军事冲突。仗是清朝打胜了,因为不愿为茫茫的荒原野林"无用之地"添烦添乱,于康熙二十八年签订了《尼布楚条约》。条约就是以额尔古纳河为两国东段国界。这是清朝与俄罗斯第一次签约划界,也是近代中国与外国第一次签约划界。清朝让出贝加尔湖至额尔古纳河以西的广大土地,改变了千百年来这些地区的归属。俄国亦因《尼布楚条约》而成为一个国土异常辽阔的国家,与远在亚洲东部的中国接壤。额尔古纳河两岸,作为蒙古族的龙兴之地,自此划分成两半。

12世纪,成吉思汗及其骑兵,统一了蒙古高原后,从这里西征,所向披靡。13世纪,统合了俄罗斯各邦,成立了金帐汗国(又称钦察汗国)。曾被统治的俄罗斯人,几个世纪以后,反直捣黄龙,占领了蒙古族的龙兴之地。历史的兴替无常,要由历史家细说其中因由。

# 民族的摇篮：呼伦贝尔草原

几十年来，走过世界上的地方不算少，心中存着一个问号。中国幅员辽阔，经纬跨度大，各种地貌风光几乎应有尽有。何以独欠像瑞士、德国般的平坦草原或漫坡高地的原野风光？

来到了呼伦贝尔草原，其原野风貌的广袤、形态的多样、风景之优美，比之瑞士、德国所见，实有过之而无不及。说欠缺而有所不及的，只是现代的道路和童话般的平房。

位于内蒙古高原东北部的呼伦贝尔大草原，东边紧邻大兴安岭。呼伦贝尔草原河道纵横，大都发源于大兴安岭。主要的河流及其支流有海拉尔河、根河、伊敏河、辉河、锡尼河等，纵横不一，都向西流入被蒙古人称为母亲河的额尔古纳河。额尔古纳河向北流，最后汇流入著名的黑龙江。呼伦贝尔草原上，有著名的呼伦湖和贝尔湖，呼伦贝尔草原之名，就因两湖而起。额尔古纳河现在是中俄两国的界河。河的右岸是中国国境，左岸是俄罗斯国境。草原南部再有克鲁伦河，东北向流入贝尔湖。克鲁伦河又是中国和蒙古国的界河。呼伦贝尔草原是著名的优质草原，简单描述其中的主要河湖，就可想象到那里是水草丰美的地方。额尔古纳河和克鲁伦河左右两岸的草原，虽划分为中俄、中蒙国境，从地理位置而言，东自大兴安岭西坡起，西至俄国与蒙古国国境的鄂嫩河和肯特山，是

呼伦贝尔草原

连成一气的大草原。不同国境是历史上人为的划分。这大片草原，自古就是蒙古高原东北部游牧民族最繁盛的家园，也是两千年来蒙古高原强大游牧民族崛起的摇篮。中国境内的呼伦贝尔草原，草原类型繁复，自古就是蒙古高原最好的牧区，亦被誉为世界四大原始草原之一。

　　呼伦贝尔草原水草丰美，风光明媚。正如史家翦伯赞先生早在半世纪之前撰文所指出："呼伦贝尔草原一直是游牧民族的摇篮。出现在中国历史上较多为人熟悉的著名的游牧民族，如鲜卑人、契丹人、女真人、蒙古人都是在这个摇篮中长大的，又都在这里度过了他们历史上的青春时代。"经过晚近几十年的考古发现与学术研究，翦伯赞先生对呼伦贝尔的历史断语，得到了愈加有力的证实。从中国历史去看，甚至从世界历史去看，呼伦贝尔草原可以说是一个"帝王州"。蒙古高原出现过的匈奴、鲜卑、契丹、女真等历代强大的游牧民族，影响了中国历史，也影响了世界历史。其中历史上影响最大的无疑是蒙古族，最重要的历史人物则是成吉思汗。成吉思汗塑造了蒙古民族，创建了世界历史上跨越欧亚大陆的最大疆域的"蒙古帝国"。自此中国北方的草原和高原地带，被命名为"蒙古高原"和"蒙古草原"。公元2000年，成吉思汗被西方传媒选为千年历史人物。蒙古族祖先是在这里孕育成长的，而成吉思汗奠定了统一蒙古高原的基业，也是这里成就的。要考察蒙古高原的历史文明，呼伦贝尔草原是非去不可的地方。

  呼伦贝尔草原虽然只是蒙古高原东北的一个区域，但地方实在太大了。二十年前到那里考察和拍摄，囿于时间、困于日程，且作为主事者，要照应的事情繁多，实在无法专心致志，详细了解。加上环境陌生，对沿途所经过的地方和地名，除了重要考察目的地外，连东南西北也模糊不清。那时在草原上，任我纵横，无所谓路。区别只是，千百年的牧民骑的是马，我们坐的是汽车。二十年后重临呼伦贝尔草原，已大大不同了。呼伦贝尔成为中国的热门旅游地，整齐笔直的高速公路贯通全区。公路旁标示了方向和地名，汽车在公路上奔驰，一小时可跑近百公里，几个小时就跑得老远。车辆只能沿着公路开，公路两旁公众设施多了，一切热闹了，方便了。三几日间，已跑遍了广阔的地方，领略过一望无垠、蓝天白云、牛羊成群的草原风貌。对我这在二十年前来过的人，感受却不

民族的摇篮：呼伦贝尔草原

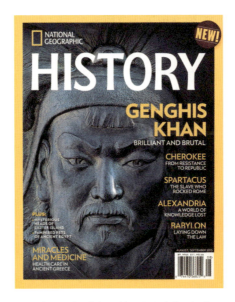

美国《国家地理》杂志封面上的成吉思汗像

西方世界的成吉思汗形象

同。先前留下的草原风貌的印象,相信只在公路极目的草原深处,才可以寻找到,变得遥不可及了。二十年前虽然跑的也是汽车,却是跑在车辆跑出来的路上,跑在没有路的草原上,甚至是摸黑跑,跑是跑不快的,很费劲。现在想起来虽然也觉艰苦,好在体验到草原的自然原始。当时趁空,我常询问下司机,否则连方向也不清楚,更何况位置了。

那时,草原虽然已有汽车跑动,但不多见。沿途亦可见骑着马和骑着电动车的牧民经过。那是刚开放的年头,不少牧民弃马而骑电动车,就成了一众路上说笑的话题。其中一则是这样的。晚饭后,牧民男主人,总喜欢骑着马,到邻近的牧民亲戚朋友家串门,喝酒聊天。约晚上十时,才骑马赶回家。即使喝醉了,也不打紧,只要主人家将客人扶上了马背,自然能安全回到家。现在可不同了。每到冬季,尤其是下雪天,每当晚上十时过后,牧民女主人或家人,常要骑上马去找丈夫。因为很多牧民串门,不再骑马,改骑电动车。回家时,坐上电动车,酒一上来,倒在雪地上,便一醉不苏了。这些因时代转而惹起的种种笑谈,对以研究中国近代传统与现代转型为课题的我来说,另有体会。这些过眼云烟的种种笑谈,其实是时代急促转变而造成生活和观念上差异的反映。人类几千年文明的进展,不管在世界哪里都经历过,免不了,只是人们一时的少见多怪。无恶意的笑谈,开开玩笑,无伤大雅;如果因此而产生歧视,甚至鄙视,那就浅陋无知了。

跑在一望无际而且平坦的大草原上,脑海中突然浮起连小学生都明白的一个道理——地球是圆的。小时候,我们是通过地球仪去认识地球是圆的。跑在视线平坦、极目无阻的草原上,只要看到天边块块的浮云划然一线的、半在地上半隐在地面之下的现象，地球是圆的的道理一目了然，用不着解说。这种自然景象，除了大草原，只能在了无际涯的汪洋大海才能观察到。"蓝蓝的天上白云飘"，是草原最常见的景象。蓝色苍穹，笼罩四方，飘着的白云，大都不多也不大，一朵朵的，跟南方时常风起云涌的景象很不一样。汽车跑在路上，无任何人为设置，孑然一车地往前驶，四野空旷，笔直得望不到尽头，仿佛车辆是向着天际往上爬天梯，感觉很有趣。

有一次，夜已深，我们仍在赶路。中途迷路了，原来在草原上，车辆走出来的浅路印，黑暗中看不清，无路可循，车子只好认定方向往前走。旷野无人，漆黑一片，天地间只有我们的一辆车，害怕是不会的。担心的只是何时可到达目的地，可以歇息，尤其是开车的陶师傅。在车内，刹那间，感觉自己有如坐在宇宙飞船上，黑漆漆的天际，万星闪耀，大地不见一点人间的火光，有的只是车内微弱的灯光。这种感觉，相信贴近了在星光夜晚的草原上，几千年来牧民对苍穹空寂、广大而神秘的感觉了吧。宇宙无垠的感觉，只有处身这些地方、这种环境，才会变得强烈。

说到司机陶大哥，人好，开得玩笑，一手好车，走在草原，如履平地。这样辽阔的草原，好像未有他不熟悉的地方，驱车日奔千百里，习以为常，如同千百年来草原上的骑士。在他心目中，大地任我纵横，没有不可到的地方。有一回，要运展品到香港展出，展品都是陶师傅从呼和浩特开车直接送来深圳再转香港的。南北路程上万里，当时尚未有高速公路。这样的安排让我体会到，生长在草原的人们的观念是，只要可走的，都是路，百里是路，万里也是路。蒙古人从蒙古草原转战到欧洲大陆，也是路一条。

与呼伦湖的初次邂逅，印象也是难忘的。草原上称湖泊为海子。眼前的呼伦湖真大，湖面颇平静，一望无际，仿如海洋，怪不得称为海子了。赶到一个捕鱼场，见渔获甚丰，鱼的种类不少，有些鱼也是够大的。湖边的草长得颇为高密，草地上有些地方满是色彩斑斓、形态不一的彩石。据考古学家说，草原上的石块特别好，是制造石器和箭镞的上等材料。新石器时代，蒙古高原已出现人类文明，石块是石器时代的重要原材料，有坚硬的石头，就出现了新石器时代文明。材料和新材料的应用，是人类文明推进的重要因素，也是理解人类历史发展的关键。

正在湖岸一隅进行拍摄的我们，突然发现在湖岸的另一处水草间有二三百匹马儿，看来是放养的。自来到草原，从未见过这么大的马群，且自由自在地吃草。我们大队人马赶紧转移阵线，奔赶上去。不见有牧马人，我们忙不迭地拍照的拍照，录像的录像。拍摄中，惊动了马群，马群随即往岸上奔跑。摄影师难得碰上大湖、密草、群马如许壮观的场面，意犹未尽，见马群突然朝我站的方向奔跑，导演大声向着我叫嚷，要我挡住马群，让它们转回头。一见马群朝我狂奔，心里已发慌，想着如何走避。导演一嚷，我犹豫了一下，导演不断高声呼喊，我不知从哪里来的勇气，不自觉地张开双手，挡在马群面前。出乎我的意料，这样的一拦阻，马群突然在我身前往左向右地转向回跑。在呼伦湖上，空无一人，二百多匹骏马，在我身边飞驰的经历，太神奇了。在草原上，十来匹马齐驱并驰，已十分悦目壮观。如真是成语所形容的"万马奔腾"，气势之磅礴，相信地球都会为之震动。

据说成吉思汗最喜欢在呼伦湖南岸歇息。在湖上离岸不远矗立

呼伦湖平静的湖面

渔民在呼伦湖上打鱼

呼伦湖上放养的马群

呼伦湖的成吉思汗拴马桩

的一座三角形孤山，相传是成吉思汗的拴马桩。拴马桩，太大了吧？不可能。与历史名人相关的遗迹，总是被夸大的，不足为怪。传说倒说明了成吉思汗经常驻扎在这个地方。这一带是山坡地草原，山冈大小起伏不一，相比一望无际的平坦草原，这里确是作战和扎营的好地方。我在这里来回走动，忽然看见一只大鹰昂首独立在一个高冈上，姿势仿若金庸先生《神雕侠侣》中的神雕。正要摆弄相机，神态高傲的大雕却飞走了，这让我心中懊恼。说到鹰，不知是否因自少受金庸先生的《射雕英雄传》和《神雕侠侣》的影响，有一种想瞻仰的心理。来到草原，我不时向高空仰望，寻觅飞鹰的踪影。说实在的，那时草原上，鹰已不多见了，还不如在香港维多利亚港周边多。鹰的种类很多，在草原上所见的确比维多利亚港所见的体量大很多。它们或凌空飞越天际，或盘旋俯瞰，或在高崖上昂首张翼，那种睥睨一切、独立苍茫的神态，只有在广阔的草原上、澄高的天空下，才会感受得到。我曾见过，在目力仅及的高空，一只飞鹰在盘旋着，突然俯冲直下，速度之快，仿如闪电，一下子再飘升上天空，口中已衔了一只老鼠，整个过程只几十秒的事。我们描述行动迅速，常以"鹰击"去形容，这回真明白了。去年同游草原的朋友，竟然抓拍到空中飞鹰口衔灰鼠的照片，真是神来之作。草原过度养牧，草稀薄了，走动的人多了，连灰鼠也少了。草原上，天上的霸主飞鹰、地下的英雄骏马，都少了，草原上似乎缺少了一点儿英雄气概！

呼伦贝尔草原，水草丰美，类型多样。来到呼伦贝尔草原的头几天，我分不清天南地北地跟着内蒙古朋友在各种类型的草原上闯，要认识不同类型的草原与自然生态。经他们的讲解，大长知

衔灰鼠的飞鹰(林传贤摄)

识。欣赏不同自然生态草原的景观外,又明白了哪些草有何种营养,哪些草适合何种牲畜,哪些草有何种药性,牲畜吃了可以调理身体,甚至哪种牲畜吃草的什么部位……学问真不少。古语说"世事洞明皆学问",不就是这个意思吗?肯问,敢问,在旅途最能长知识。

据历史考古所得,首先走出森林、来到草原的大兴安岭的狩猎部落是鲜卑人。他们最初的落脚点,就在呼伦贝尔草原。近几十年,在额尔古纳河东岸的草原上,发掘出他们的遗址最多,亦最集中。我们曾顺着已发掘出来的遗址,一程程地走,加上专家的解说,了解其间鲜卑人生活的变化。时代越往后,鲜卑人的生活越倾向草原化,越见来自中原文化的影响。千年前的呼伦贝尔地区,原是河道纵横，满布大小湖泊，到处都是泥涂湿滩，对于走出森林生活的鲜卑人，其艰难可以想象。最后鲜卑人向南，缓慢迁徙到原匈奴人居住的阴山下，前后足足花费了一百多年的时间。

另一个与鲜卑人同样从大兴安岭森林中走出来，到了呼伦贝尔草原，统一了蒙古高原，再从中国国土走得更远，征服欧亚大陆的便是蒙古人。蒙古人祖先从大兴安岭走出，来到的正是额尔古纳河东岸与大兴安岭西坡间的室韦这个地方。真幸运，在这里的室韦镇附近，竟发现了一个完整的蒙古武士的墓葬。蒙古先人从森林走到草原，这就不仅有史著的记载，更有考古实物的凭据。成吉思汗这一系的蒙古人，从8、9世纪起，一直生活在额尔古纳河东面的森林和草原上。额尔古纳河的原蒙古人，最初以狩猎、渔获为主，并从事原始农耕，畜牧非主要生计。所以《魏书》记载，室韦"无羊少马"。

如同鲜卑人一样，走出森林的蒙古人始祖，慢慢适应了草原的生活，积蓄了力量。大约在10世纪初才往西迁徙，越过额尔古纳河，来到现今蒙古国鄂嫩河和肯特山附近。蒙古人进入此地区，初时仍以狩猎、渔获、耕植为主，看成吉思汗少年生活的描写就很清楚。经过三百多年的发展，这个从呼伦贝尔草原迁徙到肯特山的蒙兀室韦人就有了明显的蜕变，混合了突厥和铁勒人，繁衍成为尼伦蒙古和迭儿勒勤蒙古诸部，又受了突厥的影响，从过往的农渔狩猎生活渐转变到游牧生活，甚至语言和生活文化等起了蜕变。总的来说，9至12世纪，不同部落的蒙古人各自吸纳了突厥、铁勒、契丹、女真和汉人的人口而壮大起来，成分复杂。铁木真即后来的成吉思汗，就是在那里出生的。

翁吉拉部营址

呼伦贝尔草原,对一代天骄成吉思汗是重要的。他在呼伦贝尔草原留下了不少的足迹。

呼伦贝尔草原,是铁木真的先祖走出森林最先驻扎的地方。铁木真的母亲诃额仑夫人家,是放牧在呼伦湖海拉尔河流域的翁吉拉部人。现在在海拉尔河流域山坡上,就复制还原了翁吉拉部的营址作为旅游景点。1170年,铁木真9岁时,随着父亲也速该汗到呼伦湖东南部,跟母舅德薛禅的女儿孛儿帖订婚,并在那里住过一段日子。到17岁成年时,铁木真顺着克鲁伦河东行,来到时驻牧于克鲁伦河下游的德薛禅家,与孛儿帖完婚。

经十五年艰苦的奋战,29岁时,他在蒙古族人中崭露头角,集拢起四分五裂已久的蒙古族各部,并于1189年在呼和诺尔湖畔被选为乞颜蒙古联盟的汗。其后,与札木合争蒙古族的领导地位,铁木真从斡难河离开札木合,纠合本族,不断迁徙移营,最后来到呼伦湖。随后日益壮大,人马众多,蓄积了力量,经过"十三翼之战"和"泰赤兀惕部之战",铁木真稳定了他在蒙古高原西北部的领导势力。铁木真随之要征服的新目标,是蒙古草原东部的呼伦贝尔地区,并以此为基地,最后统一了蒙古高原。在1206年被推举为成吉思汗前,铁木真前后经过关乎生死存亡的六场大战,其中三场的战场就在呼伦贝尔草原。

1200年秋,铁木真与王罕汗联军,从斡难河附近的萨里川出发,沿克鲁伦河东进。在贝尔湖东北部与占据呼伦湖的五部联军对峙,大败五部联军,一扫呼伦湖、乌尔逊河、贝尔湖、海拉尔河和额尔古纳河等地域的翁吉剌和塔塔儿等部落势力。

1201年,札木合纠集了近年为铁木真战败的十二部落在今呼伦贝尔额尔古纳河和根河南岸的黑山头会盟。时驻军于克鲁伦河下游的铁木真,立刻率军东进,沿克鲁伦河下游过呼伦湖北岸,渡海拉尔河,直扑札木合十二部盟军驻地,在海拉尔河支流特尼河处两军相遇。这里河谷宽阔、山势平缓,几万人马在此冲杀。乌合之众的十二部盟军,经不住铁木真骑兵冲击,被击溃。同年,铁木真又在阔亦田经激烈的血战,最终击溃札木合盟军。1203年春,铁木真又在贝尔湖之南击溃世仇塔塔儿部。从此,水草丰美的呼伦贝尔草原与茂密的大兴安岭西坡,成为成吉思汗的基地。

1203年夏,铁木真把营地迁到呼伦湖附近驻扎。在这里养精蓄锐,纠集更多的力量,并协助金朝,通过几次在根河、东乌珠穆沁、兴安岭山麓的战役,彻底消灭了铁木真的世仇、一直势力较强大的塔塔儿部。同年,铁木真与其最重要的同盟、又是他义父的王罕汗决裂,双方爆发大决战,结果两败俱伤。避锋于哈拉哈河和呼伦湖西南克鲁伦河一带的铁木真部,经喘息之后再纠合力量,终于在斡难河不儿汗山一带击败了强大的克烈部王罕汗,完全控制了蒙古高原的中部和东部。富饶的呼伦贝尔草原,自此成为铁木真补充给养的基地和向外开拓的大后方。

1204年冬,为应付蒙古高原西部强大的乃蛮部,铁木真驻师于呼伦贝尔草原的哈拉哈河畔客勒贴盖山。在该地铁木真总结多年征战的成败,整军经武,并进行军事体制的改革。这次的改革,历史学家评论为草原游牧民族历史上在军队体制上的一次最重大改革,也是蒙古铁骑所以能横扫欧亚大陆的关键。1204年阴历四月十六日,在呼伦湖西部克鲁伦河下游一望无际的草原上,铁木真举行了庄严的出征仪式,由克鲁伦河西进,攻打位于阿尔泰山、杭爱山的乃蛮部,剿灭乃蛮部与其他蒙古高原各族的残部。到此,经过了24年的征战,铁木真完成了统一蒙古高原的大业。1206年,在斡难河源头的地方,铁木真被尊为"成吉思汗"。正如他在写信给长春真人时自豪地说,"七载之中成大业,六合之内为一统"。日后,成吉思汗的蒙古大部队,出征金朝的战争,也是在克鲁伦河出兵的。最后蒙古人征灭辽、金,进击宋朝,同时挺进中亚以至欧洲,都是以呼伦贝尔草原为基地的。

回顾成吉思汗的一生,历史家如何评说他的功过是一回事,但可以肯定的,他绝非只是一个"弯弓射大雕"的历史人物。他的艰苦坚忍、他的文韬武略、他的远大眼光和恢宏胸怀、善于吸纳新的文化、作为领袖的风范,都说明他绝对是千年不世出的历史人物。他不仅征服欧亚大陆,建立起史无前例的世界帝国。在他手中,中国北方的蒙古高原的不同部落，终形成了一个有共同语言、共同地域、共同经济、共同文化生活的蒙古族共同体。中国北方的高原，自此以"蒙古"为名。正如几千年前的中原地区，黄、炎二帝，造就了"炎黄族"，创造了"华夏文化"一样，成吉思汗也开创了草原民族的新篇章。

# 下篇——文化·感悟

# 蒙古人的生活天地

几次闯进蒙古牧民真正的日常生活，是一生行走中国大地的难忘体验。

为寻找历史的遗迹，体验多样的草原风貌与牧民真实的生活习惯，旷野无垠的锡林郭勒草原是一定要去的。

锡林郭勒草原是欧亚大草原东部最典型的温带草原，属国家级草原自然生态保护区，被纳入国际草原生物圈，是世界著名的五大牧场之一。锡林郭勒草原自古以来，就是蒙古高原游牧民族的核心牧地。深入其间，若孤舟之入茫茫大海，不知所踪。

草原如海洋，经千万年变迁，能留下的历史遗迹却很少。在隋唐时代崛兴而活跃于蒙古草原的突厥人，留在草原上的石砌墓葬群，是最具特征的历史遗迹。得当地朋友引领，我们考察了一番。远在中亚草原，同样存在着石砌突厥墓葬。

二十年前，我们来到锡盟草原的深处，无论草原的生态，还是牧民的生活，都是内蒙古草原中维持最好的传统状态。

1997年夏秋之间，乘车由呼伦湖返回满洲里的途中，正在野旷无人的草原上奔驰，竟发现了一对带着一个六七岁女儿的牧民夫妇，从几辆辘辘车上卸下满载的行李，在一山冈上忙着搭建蒙古包。夫妇俩是典型的健壮蒙古族中年人的样貌。这是我来到草原

突厥墓葬群

突厥墓葬近貌（孔群摄）

后，第一次看到搭建蒙古包。我们赶忙下车。因不懂蒙古语，无法了解太多，只好一边看着他们搭建蒙古包，一边走到"辘辘车"的周围转悠，赶紧拍照片。女孩子也不闲着，不停地帮忙整理细碎的家具。男主人不时再赶往坡下，用"辘辘车"继续运载余下的东西。这完全是几千年来游牧迁徙生活的情景，竟让我们在漫无边际的草原深处碰上了，不能不说是"长生天"的恩赐。我们停留了约一个小时，待蒙古包搭建好，为赶时间，才不舍地离开。

为探访草原深处牧民的日常生活，了解他们的风俗习惯，我们赶往已约好的一户牧民家。这是一户比较大的牧民家庭。营地有好几个蒙古包，我们见到的已有七八个家庭成员，主要为我们张罗的是一对年轻的兄弟。他们招待了我们进入蒙古包，品尝奶茶和奶油块，向我们简单介绍他们的日常生活和传统礼仪习惯。近代中国，尤其自"五四"运动以后，为了追求现代化，一次又一次的运动，持续不断地要打破传统规范和社会习惯。这些行为，回首检讨，固有其时代的需要和不得已，亦有非理性的盲目。世界各地跑多了，见闻广了，阅历深了，我才深深体会到，一个民族和社会，建立起一套传之久远的完整的社会规范和生活礼仪习惯，自有其合理性。只能因时改良、因势利导，切不可彻底破坏。一个民族、一个社会，失了社会的基本礼仪、生活规范和民族文化的核心价值，后果是严重的。文化价值是支撑民族国家和社会不断发展的支柱。《诗经·鄘风》有言，"人而无仪，不死何为"，我们的老祖宗很早就体悟出这种道理。中国之能最早建立文明，自此维系几千年而不坠，道理亦在这里。

招待过后，他们在蒙古包外的草地上，特意为我们表演了套马、控制马群走向等牧马技术，让我们大开眼界。表演完毕，我们

牧民搭建蒙古包（组图）

蒙古人的生活天地

马术表演（孔群摄）

正跟他们站在蒙古包门外聊天访谈的当儿，哥哥突然向我们指着远处一山头说："有狼！"听了，我们赶紧朝他所指的方向瞧去，什么都没看见。说时迟，那时快，弟弟已骑上了马，向着山头奔驰过去，一只牧狗紧随马后。我们往年轻人跑的方向盯着，见他驰奔上山头，来回跑着，我们却看不着狼影。站在我们旁边的哥哥，不断瞧着山头，指点着狼跑到哪里。不过，他却对我们说，他弟弟是抓不着狼的。因为只有一匹马、一只狗，无法包抄拦截，跑过去赶走那狼就算了。听了这番话，我们才不紧张是否能抓到狼了。霎时间我省记起，有著作说过，在欧亚草原，传说有一游牧民族，是长着三只眼睛的。这种说法，当然不可信，但我也不以为完全是无稽之谈，觉得其中有寓意。刚才草原牧民比我们看得远的情景，让我忽发奇想，所谓长着三只眼睛的传说，是否为形容他们比一般人看得更远的讹传。草原这么辽阔，世世代代生活在这里的牧民，比其他人看得更远,是很可能的。无巧不成书,最近看过一个好像叫"健力士在中国"的电视节目,不同地区,选出选手,比赛看谁望得最远。参加决赛的,分别是来自非洲和蒙古国的。最后决赛胜出,创出世界纪录的,是一对来自蒙古国的夫妇。相信不是偶然,是大自然广阔无垠的生活环境,锻炼了草原牧民超越常人的眼力。有懂乐理的朋友曾说过,中国各地各族的民歌,数蒙古草原民歌的曲调,最恢宏雄亮,相信道理也在这里——环境造人。

名著《草原帝国》的作者格鲁塞说过:"人类从来不曾是大地的儿子以外的东西,大地说明了他们,环境决定了他们。"用脚用眼去行走历史和地理,在书本上无法明白理解的事理,一下子就会豁然贯通,明白过来。

1996年,农历正月初六,为了解内蒙古草原上牧民冬天的生活,我们来到了锡林郭勒盟的东乌穆珠沁旗。在草原风光明媚的七八月间,我们多次来过该盟的西乌穆珠沁旗和正蓝旗。这两个区域都是蒙古高原最好的草原。这次到的东乌穆珠沁旗,比起正蓝旗和西乌穆珠沁旗位置更靠北些。

低于零下20摄氏度的寒冷凛冽,白蒙蒙极目不尽的苍茫,飕飕风啸,一阵紧一阵地刮掠地面,冰雪如万匹白练在翻动。这是我们大清早从东乌市到目的地,走了逾两个小时的途中景象。隐没在白茫茫天地的白色蒙古包,就是我们要探访的牧民家,据说周围百里就仅此一户。草原上,水草丰美、人盛畜旺的好时光,是每年的5月到9月。其余日子,草原上或是漫天风霜、冰雪千里的严寒;或是春来待夏,残雪枯草,泥泞遍地。草原上过的,是一种存粮耗尽、人畜俱疲的日子。严重时,前者被称为"白灾",后者被称为

乌穆珠沁草原（孔群摄）

"黑灾"。草原的环境，相对农业地区，生存条件是艰难的。零下20摄氏度的严寒，我们已领略过此种滋味。就以2015年这一年来说，夏季特旱，呼伦贝尔草原草长得不高不茂，人畜缺水；到了冬天，呼伦贝尔温度又下降到零下40摄氏度，牛羊大量死亡。以当今的现代化设备，国家整体救援的条件，尚造成严重的灾难，试想过去的好几千年，草原上遭逢两灾，人畜两亡的情况多么可怕。怪不得几千年来游牧民族南下攻掠，总选在秋天。据《资治通鉴》的记载，在汉宣帝本始三年冬，出现了一个典型的历史事例：

> 匈奴单于自将数万骑击乌孙，颇得老弱。欲还，会天大雨雪，一日深丈余，人民畜产冻死，还者不能什一。于是丁零乘弱攻其北，乌桓入其东，乌孙击其西，凡三国所杀数万级，马

> 数万匹，牛羊甚众；又重以饿死，人民死者什三，畜产什五，匈奴大虚弱，诸国羁属者皆瓦解。

称霸蒙古高原、压迫中原数百年的匈奴大帝国，经历一场天大"白灾"，再遭汉王朝的出击，从而走向衰败。

车一抵达，最先映入眼帘的，是在辽阔的雪野上啃食枯萎残草的上百匹马，全是蒙古马。我到草原以来，是头一次看到这么多的蒙古马。这里出产三河马，也是蒙古马的发源地。据说，现在草原上，纯种的蒙古马已不容易见到了。养的大多是体格高大、杂交育成的马种。时代变了，马的作用也变了。草原牧区，甚至连马亦比以前少养了，因为比不上牛羊的经济价值。牧民骑电动车、开汽车的多了，骑马的少了。潮流使然，事不得已。人们都是实际的，或者说是功利的，中国人尤然。代表草原，代表蒙古草原，代表蒙古草原的蒙古马，难道我们就没有一点儿历史传承和保育的想法？希望另有专门饲养蒙古马的地方，只是我们不晓得而已。草原上如何变，只要留着草原，马是应该保存的，蒙古马更应该保存。这是蒙古高原特有的马种，它们在世界历史上赫赫有名，震慑过世界。热兵器出现，动力工具出现，几千年纵横世界历史的"勇士"——马——从此失落了舞台，加上在当今无坚不摧的经济发展下，马甚至丧失了它们存在的价值，能不让人感慨万千？一部几千年的世界历史，有人简约为"野蛮世界"与"文明世界"长期对抗的历史。马，是游牧民族武力优越的最重要凭借。蒙古人就是骑着这种不显眼甚至是不顺眼的蒙古马，征服了欧亚大陆。人固然不可以貌相，马亦如此。蒙古马在过去两千年，就让体格雄伟、挺拔威猛的印欧

雪野上的蒙古马群

马种,在战场上吃尽了苦头,一如它们的主人。勒尼·格鲁塞在《草原帝国》中,另有一段生动而令人发噱的话。他说:

> 蒙古人应该与蒙古马配合在一起。况且,他们是相似的,他们都是同一个草原的儿子……他们经受同一的训练:蒙古人,身材矮小短粗,骨硬,厚粗,不雅观……他们的马是粗颈,肥大的小腿,厚毛,但令人惊奇的是它的奋勇,毅力,坚忍心,对饮食的有节制,四蹄稳妥。虽小而丑,但它不知道疲乏,有时像闪电一般。这种战马在历史的黎明时期,就已构成它比印欧种"马的驯养者"的优越性。[1]

---

[1] 本段译文引自《草原帝国》,[法]勒尼·格鲁塞著,魏英邦译,青海人民出版社1991年版,第250页。

"吊马"（孔群摄）

蒙古人如何骑着蒙古马，征服了欧亚大陆，本身就是让人兴趣盎然的历史。可惜这里无法铺陈，还是让有兴趣的读者，另行找书读读吧。

在这里，上百匹蒙古马不像牛和羊全被关押起来，虽然冰天雪地，仍日夜驻牧旷野上。冬天，是配合主人打猎的时候，也是成长的小马接受耐寒、耐劳和耐饿，牧民称为"吊马"训练的日子。我们目睹过牧民放马长跑几小时，回来后，将其拴住，用工具不断削刮冒汗成霜的马身，目的是去剩肉，止长膘。人如此，马亦如此，天生体质而外，刻苦的训练是成才的保证。

眼前，载着妇女小孩，往来帐篷附近搬运东西的骆驼，满身长着金黄色的、绵软的、长长的密毛，原来冬天的骆驼毛色是如此漂亮，与我们平日所见的大不相同，显然是生物为御寒的自我调节。满披长毛的羊群和牛群都圈养在遮风挡雪的围栏内，瑟缩地互相依

冬天的骆驼

冬天牧马

宰后自然冷藏的牛用牛皮毛裹着放置在帐包外,供整个冬天食用

偎着。眼前,只有蒙古马,或纵驰于凝冻的大地,或昂首于疾风劲雪中,一派满不在乎的模样。这种境况,真让我们认识了蒙古马作为草原勇士的不凡气概。

蒙古包只是牧民歇息、饮食和家聚的地方。蒙古包外四望无际的旷野,才是牧民的天地。我们忙着四处拍摄,穿梭于牧民生活的真情实景之中。冰冻受不了,我们不时躲进帐内火炉旁取暖,喝一两杯滚热的奶茶,吃几片干牛油。初时在蒙古包,已见到几位男性长者在另一屋中,围着火炉边饮酒,边闲聊。他们说的是蒙古话,听不懂,无法攀谈。约两个小时光景,再进来,见他们一边相互劝酒,一同唱起蒙语歌来。再过一两个小时,他们仍喝着酒。或许是酒意浓了,不再说话,也不共唱,而是你一首我一首地接唱起歌来。刹那间,我心弦为之震撼。他们之间,哪里是对谈?哪里是

牧民的农历新年服饰

蒙古包内欢聚：爷爷与孙女

对唱？哪里在对喝？分明是各自用语言、用歌声、用心灵向他们的"长生天"对话。只要在内蒙古行走过的，都难以忘怀蒙古族人的好酒善唱的欢宴。之前，我总以为唱歌是蒙古族人宾主相娱的习惯。这一刻，看着几位长者，搁下酒杯，各自忘我地、一首接一首地吟唱，恍然间我明白了，牧民的唱歌，不全在欢娱相聚，更重要的是向他们"长生天"的倾心的对话。草原上，天何其高，地何其大，只身子影在牧羊，何其寂寥！人在天地间，何其渺小！低吟高唱，原是生命存在的呼唤，与百灵鸟悠美的歌声、苍穹中的雕鸣，交织成草原的天籁。

不经过这番彻骨的体验，不会真认识历史人物的伟大。遥想历史，西汉时的苏武，孑身持节在冰封万里的贝加尔湖牧羊十余年的情景；走过了新疆才明白，唐朝时的唐三藏，在黄沙万里、蒸热难熬的戈壁滩上，踽踽独行的苦行。苏武活在汉武帝时期，三藏活在唐太宗时期，都是雄主盛世的时代。难道只有在这种时代，才能出现这种气宇非凡的伟人——这莫非就是我们常说的"时代精神"？

冰天雪地的日子，最温暖的地方是蒙古包内。蒙古包的中心地方，一直生着熊熊的炉火。火炉上总是挂着一大壶开水，男女老幼一家围坐在火炉周围，亲密温暖，与外边的冰冷俨然两个世界。刚好是农历年间，牧民都穿戴着艳丽的蒙古服饰。大绿、大蓝、大红，在大白的天地间，更显得色彩缤纷，分外夺目。

一次回蒙古包取暖后，走出来，突然发现远处有一牧民搬迁的行列。他们穿上的都是过新年的鲜艳颜色传统的蒙古服饰。行列中，有辘辘车，有骆驼群，有马群，有牛羊群；有褐色的，有白色的，有黑色的，有斑驳诸色的，如一条彩带横搁在天地白茫茫的远

这是千百年蒙古牧民迁徙的原本形态，依然是传统工具和鲜艳衣饰。我们能碰上真是好运气

处，分外醒目。这是冬天牧民迁徙的真实景象，竟给我们不期然遇上了。这是拍电影也安排不出来的场景，又是"长生天"的恩赐。我们拍摄组用不着打招呼，飞奔过去，分别用摄影机、相机拍个不停，直到他们远去。事后，回到东乌市，将场景播放给市文化厅的人们观看，连他们也不大相信，说近年在草原已很少碰上这样的传统景象了。20世纪80年代初，多次听过沈从文先生谈论中国的服饰艺术，其中也说及颜色的时代潮流。他说，中国历代服饰，到了清朝，不仅形制上有了很大的变化，色彩的喜好也大为改变，尚好采用大块的鲜艳颜色。因为入主中原的蒙古人和满族人，都生活在蓝天白云的草原或大绿大白的森林中，这是他们色彩审美的来源。来到了白茫茫的天地间，只有鲜艳的大色彩，才能衬托出人在大自然间的造物之美。蒙古牧民老小，穿戴大块鲜艳的传统服饰行列，亮丽了世界。沈先生的话，经此一个场景，体会就深了。

那天，除了老人家在屋内取暖、喝酒和谈天唱歌外，成年人全在外头忙着。两个十岁上下的男孩子也不空闲，或帮忙搬运烧火用的干牛粪，或帮忙赶离了群的牲口。帮不上忙时，他们也东敲敲西弄弄的，闲不下。突然，他们在蒙古包旁的雪地上摔起跤来。摔跤，是传统蒙古族男儿三技之一，自少娴习。这不经安排的摔跤，我当然在旁驻足观赏。一时兴起，我邀请年纪稍大的跟我摔跤，不到五分钟我就被摔倒了。我少时尚习过两年武，却不管用。蒙古包内，几个女孩子另有玩意儿。她们靠着火炉边，围着玩游戏。走近一看，原来玩一种很像我们少时流行的"掰石子"的游戏。但她们用的不是小石块，而是羊骨块，称为髀石，即羊后腿的膝盖骨，是蒙古族儿童的玩具。去年游呼伦贝尔草原时，我说给旅游局的路女

男儿三技之一：摔跤

女孩子在蒙古包内玩"嘎拉哈"游戏

嘎拉哈游戏

牧民宰羊

士听,在离开草原的前一天,她送我一盒称为"嘎拉哈"的礼物,盒面还附上"童年记忆"四个字。盒内有六块大小相同的髀石,就是那回蒙古包内小姑娘玩的游戏。礼轻情意重,二十年前的记忆更是沉甸甸的。

  我们正忙着找寻可拍摄的场景,突然有人呼唤我们集中在蒙古包一旁,围起来看一位年轻牧民宰羊。所宰的羊是准备用来宴请我们的。年轻人一下子就放倒了羊,迅雷不及掩耳,锋利的小刀连手插进羊的心腹之间,只一瞬间,羊就一动不动了。随之,利落之极,整只羊皮带毛剥落下来,羊毛和雪地上都没什么血迹。然后,再将宰了的羊放倒在一只大盆上,拉出灌满羊血的内肠。整个过程前后不到十分钟,比我们宰一只鸡还要快。俗语说"死鸡撑饭盖",我们都见过被宰的鸡,血淋淋垂死挣扎总会有十多分钟,不像年轻牧民的宰羊,瞬间就没点儿声息,软绵绵地倒在地上。宰羊比我们宰鸡还利落,还干净。这是牧人迅速割断羊的大动脉,让血倒流入肠子,不使外流的结果。煮熟的血肠,可盘成一大盆,随意一段一段地切割食用。这种宰羊手艺，真让我们大开眼界，啧啧称奇。牧民再告诉我们，宰羊除了是技艺外，另含心意。牧民养羊是为了活命，羊对他们来说，既是生存之所赖，对之心存感激，另曾日夜相伴，要宰杀掉，自然有不舍之情。宰羊，动作要快，目的是要减少被宰的羊的痛苦。这是草原上牧民的真诚的感情与人畜相处的朴素伦理。在草原上，吃羊肉，要吃得干干净净，不留点儿肉梢。如同农耕社会，自古以来强调"粒粒皆辛苦"，吃完饭，碗内不要留下饭粒，这是祖父辈从小就教导我们的，道理一样。宰羊与吃羊肉，都是牧民日常中传承下来的生活价值，简朴却隽永。从中，真让我们感慨人类社会如何界定先进和落后，又如何界定文明与野蛮？

# 没污染的人情

大自然生态环境，要懂得保护；良风美俗，更要悉心设计和呵护，这是人类赖以永存的两大因素！

虽然内蒙古草原近年因为要发展经济，环境被破坏不少，为人诟病。但是，直到现在，内蒙古传统的主体草原，仍保持着在世界上不多见的、属无污染的原生态草原样貌。

20世纪90年代中期，初到大兴安岭，从呼和浩特飞海拉尔。一抵城内，我感觉空气之清新未曾有过。感觉没一点杂味儿，嗅的都是空气的味道。可能我来自香港，平日空气杂味纷呈，未尝过纯净空气的味道是怎样的了。十天后，我们从大兴安岭走出来，回到了海拉尔，嗅着空气感觉有电油味。相隔不过十天，嗅觉相异若此。当然这不会是海拉尔十天之间，空气突然变差了，而是自己的嗅觉起了变化。当时的海拉尔，汽车并不多，空旷的城市里跑的多是电动车。原来对我们感觉的清新，变得不够清新，是因为嗅觉经受了更清新空气的洗礼，变得敏感了。但新近一次由海拉尔转进大兴安岭，不再有这种敏感的反应。近二十年，海拉尔发展迅速，已成为内蒙古的第二大城市了。市内高楼林立，车水马龙，与内地纷纷发展起来的新城市无异。发展的代价，常伴随着污染。

初游内蒙古，对草原环境毫无了解，难免认识上有不少差误，慢慢学懂了，才改变过来。

　　记得初抵内蒙古地区，为先睹草原真貌，迫不及待地央求当地朋友，尽快带我们到草原瞧瞧。无论初去呼和浩特或其后到海拉尔，参观靠近市郊的草原，见水草尚美，不由得称赞几句。但当地的朋友，却面带忧色地回答说，这些草场正在退化。草仍是绿油油的，何以会如此说？主人见我们面有迷惑之色，遂解释说，凡草原长着一棵棵较高大的杂草，就是这种草场正在退化。草场退化，随即会逐渐沙漠化，因为草原下面养草的泥土是很浅薄的。原来如此！稍后，深入到草原地区，经过一些地方，尤其在宽广的漫坡上，竟见到垄列整齐、一望无际的小麦田。中国以农业立国，生长在南方珠江三角洲的我，对农田分外敏感和亲近。总体来说，以人均计，中国缺农地。如果草场可成耕地，草原这样辽阔，不就增加了大量的耕地了吗？这种想法不正是20世纪60年代，为开拓农地，增加粮产的想法吗？经当地朋友向我们解释说，很多草场变农田，考虑不周，拿捏不慎，尤其在60年代，草原农地化的政策下，将牧场改成农地的草原，经一二年的耕植，土地就变得贫瘠，继而荒漠化。一经荒漠化，农地维持不了，草原也破坏了，再恢复不了原来的草原生态。这种情况，古已有之，于今为甚罢了。在蒙古高原的沙漠与荒原地区，原本是水草丰美、人畜繁盛的地方，却由于过分地开垦，终成了沙漠和荒原，农业不成，牧业又失去了，并添造了自然灾害。蒙、甘边界的居延地区，河套的鄂尔多斯地区，都是千百年前历史活生生的实例。多做点科学研究，多念念历史，多听听专家学者的意见，就不会犯历史性的错误，贻误后世。"以古为鉴"，有助于纠正人类"人定胜天"的狂妄，也才能保住大自然

森林、草原和耕地

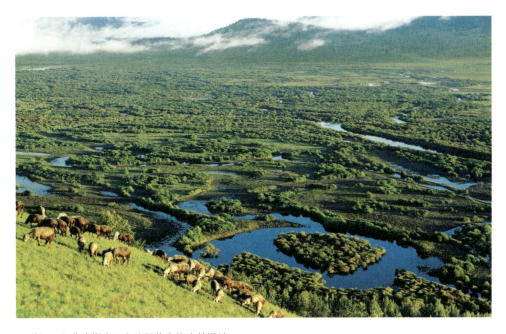

20世纪90年代中期大兴安岭鄂伦春旗森林湿地

20世纪90年代中期大兴安岭满归林场情景

退耕还林后的野地

的环境。沙漠化和荒原化在八九十年代，问题变得更严重，当前亡羊补牢，国家开始了推动"退耕还原""退耕还林"的计划。去年，再到草原和大兴安岭，见着大片大片甚至是一望无际的弃耕地，这便是"退耕还原"的结果。

二十年前到过的根河附近，堆满木材的林场，而今一派零落，木材不多。原来经多年政策的过渡，2015年4月国务院颁发了新政策，大兴安岭山脉全部封山，不容许因经济理由砍伐一棵树木。其实，五六十年代开始，为解决中国人多而粮食不足的问题，全国都掀起造田运动。记得少时，在珠江三角洲农村，粮食主要是稻田，却分两类，近海的称咸田，灌溉的水是咸淡水，一年一造，产量也不高。另一种是淡水稻，一年两造，亩产也高些。为增加粮产，遂改咸水田为淡水田。这种工程很大，既要修筑水库，又要筑河渠引水库的淡水灌溉原来的咸水田。这种由咸水改造为淡水田的，杂草易长也特别多，耗费大量的民力。粮产是增加了，民力却倍增，咸水田原种稻禾外，还有大量出产咸淡水的鱼虾，著名的基围虾就是生产在咸水的基围中。自此，鱼米之乡，只得米却少了鱼。数学很容易计算，结果是得不偿失——稻米增加了，总体的收益却少了，也改变了千百年的自然生态。这种现象，我原以为只出现在珠江三角洲这样的地区。原来地域不同，地理环境不一，为了向大地要粮，全国不同程度都出现过这种盲目开发的事情。开发发展固然重要，但要尊重科学，不违反大自然的规律，不可病急乱投医，眼光短浅。开发关乎千秋万世，工业开发亦如是，不可一刻忘记，不要让后代再承担恶果。

为庆祝内蒙古博物馆成立五十周年，我受邀参加典礼并旅游考

在草原上生活的一户牧民

察。这次活动有故友、原香港文化博物馆馆长严瑞源兄同游。他是头一次到内蒙古。来到一处湿地草原，绿草如茵，一湾浅河清澈地流着。严兄附耳对我说，这么美丽的草原，只养牛羊，实在浪费，何不每到夏季，开辟成养鸭场，再搞些青年学生夏令营，多好。

这次旅程，我们要到约好的牧民家，参观他们的日常生活。原约定了一个时间，但晚一个多小时，牧民才到来带路。成长在香港并在美国纽约生活过的严兄，这样严重的迟到，自然感到不可思议。来到了牧民家，看见他们一家大小，不分男女，按程序工作，整然有序。路上牧民告诉我们，早上牲畜出了点事，要弄妥才能接我们。我们明白了，他们的时间观念不同于我们的城市人。城市中人，是按时行事的，牧民是按事行事的。生活形式不同，并无从说谁落后谁先进。我们目睹牛群回到牧场，牧民忙着为归来的牛群张

牛羊群

罗。他们说,牛群早晨走出去,约略在太阳下山前回来,不要他们看赶。牛群回来的时间,并非每天一样,时早时晚,看牛群走到哪里。我们看着牛群从远方回来,一头跟着一头的,秩序井然。牧民说,前头的是领头牛,群牛都听它的,跟着它列队而行。在草原上细心观察,会明白,畜牧世界也有它们的伦理。牛羊都有领头的,俗语不就有"领头羊"的说法吗?公牛、公马长大了,要经过体能智力的竞争。强者才能留下来,传宗接代,输掉的或骟了,或要离开族群。不舍得离群别母的小公马,母马也会狠心赶着它离开。明白了这种动物世界的伦理,我们才能体会到孟子所说的"人之所以异于禽兽者,几希"这句话的深意。有序、血统传承,就是动物世界的伦理。"几希"者,就是人之为人,多了一些人性的灵光而已。

多次深入内蒙古草原,亦感受到不少牧民淳厚的人情,二十年后,仍然难以忘怀。

草原民族与森林民族并非如想象中的落后和野蛮,他们的社会伦理与生活价值,也有自以为先进和文明的社会所不及的地方。

成吉思汗绝非"只识弯弓射大雕",蒙古民族曾称霸草原,横扫世界,自有其多种缘由。蒙古民族在形成和发展的过程中,不仅在军事和政治体制上,有很大的突破性的革新,在生活风俗和伦理上,成吉思汗都曾经大力整顿过,建立起超越草原前代的良风美俗,传之后世,蔚成传统。宋朝大史学家司马光在其名著《资治通鉴》中评论东汉的历史,说过:

> 教化,国家之急务也,而俗吏慢之;风俗,天下之大事也,而庸君忽之。夫惟明智君子,深识长虑,然后知其为益之大而收功之远也。

司马光说出了历史上治国千古不易的大道理。汉兴唐盛之能长治久安,在于能建立制度,能大力提倡教化,以奠基文明。成吉思汗看来懂得总结一些治国良方,晓得"教立于上,俗成于下"的一些治理社会的道理,其成效影响几百年之后。这不就是司马光"其为益之大,而收功之远"的说法吗?

一次,摄影队来到内蒙古北部丰美的乌珠穆沁旗草原,拍摄牧民放牧的场景。我们相中了茫茫大草原上的一处高地。高地上搭建了两个大蒙古包,周围放有上千只的大羊群。放羊的是一位20岁上下的青年,骑在一匹赤色骏马上,蓝天白云,马踏青草,扬鞭呼喝,一派草原风光。导演和摄影师拍得兴起,来回反复地拍摄。大

没污染的人情

牧羊青年

　　羊群也渐由山坡高地往下边大草原平地转进。大群羊往坡下拥挤，白色一片，千头攒动，如流水行云，煞是壮观。我们在山冈上拍摄，稍一迟疑，镜头未捕捉好，羊群已走远。我们赶紧驱车赶上，请商年轻牧民将羊群重新赶上高地，好让我们再拍摄一次。年轻牧民二话不说，一一照办，这样终于让我们拍摄到理想的场景。

　　让年轻牧民和羊群折腾好几个小时，实在过意不去。但事前当地朋友，一再叮嘱，牧民虽帮忙，不可付予报酬和馈赠。说这是他们的传统习俗，视助人为理所当然，也由衷地乐意，要我们不要破坏他们的社会风气。按照"文明社会"的某些习惯，我们总感觉不对。心想，他们既叮嘱，我可不付钱，我们车上有酒，蒙古牧民喜欢喝酒，送酒总可以吧？有此念头，我双手各拎两瓶白酒，走向年轻牧民，说因忙没时间陪他喝酒，只好送上几瓶酒，让他喝喝。骑

215

在马上的年轻牧民，如何说都不肯收下，我们只好一再道谢。几年来，在草原上行走，我们碰上这样的例子可不少。"没污染的草原""没污染的人情"，是我说到蒙古高原时常念叨的话，或许出于对现代社会"人心不古"的感慨吧！

内蒙古草原是纯自然没有污染的草原，生活在草原上的人们洋溢着没有污染的人情。随着经济开发大流滚滚，人心容易丕变。只祈求蒙古高原，能维持没有污染的草原，传承好没有污染的人情。

# 喝酒的故事

跑过了草原,与一众朋友聊天时,我时常讲到在内蒙古喝酒的经历和体会。懂喝酒的与不懂喝酒的,听了亦觉有趣。写草原纪游,是否要说说喝酒的故事,我一直犹豫。因为喝酒,是很有争议的内容。"喝酒"有着几千年的历史,是人类长久以来的一项生活习惯。酒,为人类社会文明与饮食文化不可不言及的内容。我自己尚能饮酒,幸好不酗酒。跑的地方多了,接触所及,感觉到不同国家和地区的民众,对喝酒有不同的态度和习惯。从喝酒中去观察,甚至可体会到不同的文化和生活的价值。去过内蒙古的人都会知道,这是一个很喜欢喝酒的地方。

1994年第一次去呼和浩特,短短的几天,已感受到内蒙古果然名不虚传,是一个离不开酒的地方,可以说每餐无酒不欢。几天来,事情谈过了,也喝了主人家好几顿酒。一个晚聚,我要做东回请。在酒楼卖酒的地方,我挑了一二种酒,不在价钱,选上的是40度左右的白酒。几天下来,自觉酒喝多了,想喝些度数低的,善待自己。购好了几瓶,摆放在饭桌上。其中一位当地朋友轻声地告诉我:"陈先生,这种酒的度数太低了吧?"听了有些愕然。认识不算久,如此直率地说出来,真有点儿意外。主人家既然这样说,只好调换了,改成度数高的。日后我们之间稔熟了,才知道内蒙古地区喝酒的，都喜爱喝烈酒。理由是度数较烈的酒，比较合胃口。并且认为，高度酒喝后，酒精容易挥发，不大伤身体。是耶，非耶？！我不清楚。自己的经验是，喝低度酒如中国黄酒、日本清酒，甚至是啤酒，千万别喝醉。这些低度酒喝醉了，头痛若裂，难过极了。好的高度酒，醉后却易醒复，醉时亦好过点，不知是否这种道理。

20世纪八九十年代，内地的宴请，喝酒有两种现象。一是喜欢喝啤酒，在内蒙古地区，当地人都不大喝啤酒的。二是宴桌上总有三种酒，大杯是啤酒，中杯是葡萄酒，小杯是中国白酒或洋酒。在内蒙古不管酒杯大小，只上白酒。初访呼市，在返港前的一晚，主人在一家蒙古包餐馆中宴请。对我来说，这是头一次领略草原喝酒的情调，也学懂了蒙古人喝的礼仪，端起酒杯喝酒，要先敬天，其次敬地，再次敬人。一个穿着蒙古袍的姑娘，不时拿着白色的酒瓶，不断在你身旁，一边唱歌一边劝饮。这种情景，酒哪儿停得下来，只好不醉无归了。席间，大块大块用刀甚至用手去吃羊肉，大口小口地喝着酒，豪气干云，气氛热闹极了，情绪痛快极了，酒亦会喝得愈发兴奋。

80年代在新疆伊犁附近的蒙古自治县，我是尝过下马酒、上马酒的，老远去喝的迎送酒，令人觉得新奇。神州大地，不同地域不同风俗，让你新奇的东西多的是。80年代初，在西安，与当地朋友一边喝酒，一边和诗，饭罢再以书法留作纪念。酒兴是有了，也应付得了，可惜不能诗，也不擅书法，真让我这个念文科的惭愧。西安，到底是千年古都，留下了"斗酒诗百篇"的文人遗风。

闯荡内蒙古地区的几年，可以说的喝酒故事真的不少。春节期间，零下 20 摄氏度在牧民蒙古包内喝酒，酩酊大醉；在室韦镇被"俄罗斯大嫂"灌酒；在辽瓷之乡，一整瓶一整瓶地拼酒；在美岱召要一口气喝掉三大杯烈酒；在赤峰市盘龙大战好几小时的酒宴；等等。这些都是其他地方未遭遇过的喝酒故事，热情、尽兴、豪迈、痛快。但千万别误会，不要以为不喝酒的人就去不了内蒙古！如果真是滴酒不沾，一再解释，主人是不会勉强的。近年受外边风气影响，加上生活丰富精彩，草原也不像过往了，喝酒变得"文明"了，但似乎失去了草原上以往特有的那分豪情。能酒的，试一回"醉卧草原君莫笑"，亦是人生美事。

《草原帝国》一书的作者说过，蒙古人常喝烈性酒的。有些历史学家也认为，有些蒙古统治者所以英年早逝，便与酗酒有关。

成吉思汗甚至其他蒙古人接触到酒，在《元史·阿拉兀思传》中有一段记载。成吉思汗要讨伐位于蒙古高原西部的乃蛮部，已与成吉思汗暗中通款的汪古部阿拉兀思汗，不仅拒绝乃蛮部太阳汗要求支持的请求，并逮捕乃蛮使者，通信给成吉思汗，并赠送给他六桶美酒。当时蒙古族人尚不知什么是酒。成吉思汗一连喝了三杯，停下来说："这样的东西，如果只喝一点，是可以提神的。如果喝多了，会迷失本性。"可见成吉思汗是一个很理性的人。成吉思汗生前也曾立过禁酗酒令。可惜，他自己的子孙辈已不听他的话了，不少沾上了酒瘾。成吉思汗的幺子、年仅 40 岁的拖雷，在狂饮作乐后的第二天早晨，因宿醉走出帐外而倒地暴毙。1241 年 12 月 11 日，在蒙古漠北首都哈刺和林的窝阔台大汗驾崩，据说也是酒醉昏迷而死的。成吉思汗的几代继承人，不少更因酗酒而英年早逝。随着蒙古的强大，征服四方，物质丰富，酒已日渐成为蒙古人的生活必需品，饮酒亦成为蒙古人的嗜好。一直沿袭下来，以至于今，喝酒成了蒙古高原的生活特色。

蒙古地区之好酒，我以为，还是以地理生活环境去理解的好。过往蒙古人生活在草原，生活单调，天寒地冻，茫野孤寂，容易借酒聚兴；如要四处征战掳掠，生死须臾，战后喝酒狂欢，这都有自然环境和生活形态的影响。

自人类有文明起，就离不开酒。酒在人类文明中，毁誉参半。少了酒，人类文明或许少了不少倒行逆施、糊涂混账的大小事；但缺了酒，人类文明就没有那样多姿多彩。没有酒，没有曹操的"对酒当歌"，没有刘伶的"载酒负锄"，没有李白的"斗酒诗百篇"，没有苏轼的"把酒问青天"，也没有李清照的"浓睡不消残酒"等历史佳话。这些数不尽的人文风流韵事，古今中外皆然。如日本人之好酒与他们的社会环境和心理结构有关，就是例子。喝酒，是可以体验到不同地区和民众的生活习惯和态度的，这就是酒的文化。

# 草原上的世界大都会——元上都

"元上都",在蒙元时代是著名的国际性大都市,蜚声欧亚大陆。中外亦留下了不少当时来到过元上都之各色人等的亲身记闻。元上都我去过好几回,见证了二十年来元上都遗址由荒芜到逐步得到保护、整修和部分复原,渐发展成为可资游览的历史景点的过程。

二十年前,纯粹从旅游参观的角度,没有专家解说,又对这段历史没有认识,去那里准会失望。遗址连颓垣败瓦的状况也说不上,只留存皇城东墙的一段较完整的遗墙,与原来宫殿建筑的一些地基残留,可供凭吊,还不如北京圆明园遗址完整。经过专家学者长期的考古发掘和文献研究,集拢了散佚存世的一些文物,寻绎出不少其时的图像,翻查出大量当时丰富的纪实诗文和中外行纪,这座建于七百年前、荒芜已久的世界史上著名的"草原国际城市",终浮现出其原初的一些面貌。"元上都",也就成为国际学术研究的热门课题。

到内蒙古旅行的话,经修整过的元上都是值得参观的,元上都所在的草原风光更不容错过。未涉足过草原的人,尤其开眼界。

元上都,位于内蒙古自治区锡林郭勒盟正蓝旗的金莲川草原。正蓝旗在锡林郭勒草原的南部,直线距北京、张家口、承德避暑山

元上都宫殿地基

庄、呼和浩特等地都不到500公里，以现在的交通来说，都不远，这也反映了正蓝旗地理位置的重要。正蓝旗金莲川草原，北依绵延起伏的南屏山，南临蒙古草原东南部著名的滦河（上游称闪电河），东西两边和滦河以南都是广阔的草原。正蓝旗之北有著名的浑善达克沙地，沙地之北是牧区，之南为农牧接合区。所以正蓝旗周围地区，是融草原、森林、沙漠、湖泊等多种自然景观于一处，既集中又丰富，是旅游探察蒙古高原的好去处。当年考察时，印象就跟我到蒙古高原其他地方不一样。高原地域太广袤了，跑老远的，只能观赏到一二种风貌。金莲川草原周围，一段车程，一种大自然景观，如此丰富多彩的自然景观，令人分外快意。

夏天来到金莲川，才算领略草原的多样风貌。金莲川是滦河冲积而成的平川，从春夏之交到盛夏，绿草如茵，满缀着各种野花，诸色纷呈，一望无际。近看远观，都是天壤间赏心悦目的风光。置

闪电河（孔群摄）

身草地上，正如元诗所描绘的"紫菊金莲漫地生"。当地朋友一一指点介绍，金莲花和紫菊外，还长着芍药、地椒、野茴香、葱、韭等花草。脚底下花团锦簇，草香花芳袭人。其中数金莲花最触目。金莲花"花色金黄，七瓣环绕其芯，一茎数朵，若莲而小。六月盛开，一望遍地，金色粲然"。金莲花的花儿虽然不大，却长得密密麻麻的。远望过去，黛绿与金黄交织，太阳映照下金光灿烂，怪不得金莲川有"金色草原"之称。

夏季，草原上各式飞禽走兽也最活跃。最惹目的是满天飞翔、吱吱鸣个不停的百灵鸟。百灵鸟又称白翎鸟，南方似少见。少年时代，"百灵鸟的歌声"一语，深入心坎，可能是某首流行民歌的影响。这次在金莲川得识庐山真面目，心情雀跃，像见着久违的童伴。白翎鸟长得小巧玲珑，总是一双一对的，飞得不高，在草花上

金莲川草原（孔群摄）

遍地金莲花（孔群摄）

穿梭，歌声不算响亮，却清脆悦耳。南方的鸳鸯，总在池塘贴着翅膀、交颈游弋、啾唧细语的情景，谁都会驻足欣羡地观赏。北方草原上的百灵鸟，不仅歌声动人，它们"雌雄和鸣，自得其乐"的习性，与鸳鸯堪可匹敌，都是天地间让人动容、演绎着双栖双宿、不稍分离的情爱象征。无怪乎元代著名诗人迺贤特以金莲川与百灵为吟咏对象下笔说："乌桓城下雨初晴，紫菊金莲漫地生。最爱多情白翎雀，一双飞近马边鸣。"正蓝旗金莲川草原上，遍野牛羊。散布着群羊，远望宛如蔚蓝天空飘着的朵朵白云的倒影。元代诗人宋本《滦河吟》描绘的"滦河上游狭，涓涓仅如带"，贴切极了。河在上都遗址南门不远，迂回曲折地流淌着，清澈见底，岸边的草丛疏密不一，与河水漫接在一起，风吹夹着流水，摇曳生姿。只有镶在平坦广阔的草原上的河流，才能见到的景象。

　　金莲川周遭不远，风光也是够迷人的。

　　元人王恽在其《中堂事记》中概括上都形胜为"龙岗蟠其阴，滦江经其阳，四山拱卫，佳所葱郁"。从金莲川再往外，北去是丘陵草原地带，地势渐高，岗峦绵延起伏，是一种丘陵草原带，比起平川草原，又是另一番草原景象。向东北行数十里，有已经荒漠化的森林带，疏落地生长着山榆、白桦、杨树等乔木，再就是长着沙柳、黄柳、红柳、沙蒿、骆驼刺等矮丛林。老干盘根和过早出现的黄叶，屹立在黄色沙丘之上或浅滩湖泊的周围，色彩分外浓烈。迷人的风光，再承载着厚重的历史，不是最让人着迷吗？

　　金川上最重要的滦河，历代诗人有过不少的咏诵。如迺贤的《塞上曲》其二，多有情调：

金莲川一带景致（孔群摄）

　　杂沓毡车百辆多，五更冲雪渡滦河。
　　当辕老妪行程惯，倚岸敲冰饮橐驼。

　　胡助的《滦河曲》：

　　行人驱车上滦河，滦河水浅人易过。
　　北入太液流恩波，润泽九州民物和。
　　天子清署空峨峨，两都日骑如飞梭。
　　穹庐畜牧草连坡，青鸾白雁秋风多。
　　劝君马酒朱颜酡，试听一曲《敕勒歌》。

　　萨都剌，回人，元代诗人，留下咏诵上都的诗作甚多，他的

《上京即事》共五首，其三，咏上都居民生活说：

> 牛羊散漫落日下，野草生香奶酪甜。
> 卷地朔风沙似雪，家家行帐下毡帘。

元代诗人陈孚在其《金莲川》一诗中说：

> 茫茫金莲川，日映山色赭。
> 天如碧油幢，万里罩平野。
> 野中何所有，深草卧羊马。
> 昔人建离宫，今存但古瓦。
> 秋风吹白波，犹似哀泪洒。
> 村女采金莲，芳香红满把。
> 岂知步莲人，艳骨掩泉下。
> 人生如蜉蝣，百年无坚者。
> 安得万斛酒，浩歌对花泻。

这些诗咏，不啻为后人编织起近千年的元上都风情画，是无画的《清明上河图》。

远古不说。公元前的战国时代，最早修建起来长城之一的"燕长城"，就经过了正蓝旗的闪电河，当时称"濡水"。燕长城以南，设置了上谷、渔阳、右北平、辽西、辽东五郡。上谷和渔阳管辖的濡水上游的锡林郭勒盟南部。秦汉间，蒙古高原匈奴和东胡两强东西峙立，正蓝旗正当两大部落联盟之间，划分为"瓯脱"，即作为缓冲的边界弃地。西汉初，匈奴统一了蒙古高原，设单于庭和左右贤王庭以统治整个蒙古高原。左贤王庭位于汉朝上谷的正北，约在锡林郭勒盟中部一带，因而濡水上游地区属左贤王部将驻牧地。西汉前期，匈奴常与西汉在濡河上游进行争夺。公元前133年匈奴发兵进侵渔阳、上谷等边塞，名将卫青反击，出上谷至龙城（锡林郭勒盟东、西乌珠穆沁旗附近），大胜。公元前119年汉发动对匈奴漠北之战，霍去病出塞两千里，大败左贤王，夺匈奴东部地区上谷塞外之地。后由归附汉朝的乌桓族入驻牧五郡塞外之地。乌桓族在濡水流域生活了200年。东汉后期，乌桓族内迁塞内和中原，继乌桓先后主宰濡水上游地区的是鲜卑的檀石槐和"小种鲜卑"的轲比能。下来是由拓跋鲜卑和鲜卑化的匈奴族宇文部西东分治。简略一说，正蓝旗这地方在辽、金、蒙元以前的1000年，是东胡、匈奴、乌桓、鲜卑等北方著名游牧民族驻牧的核心地区。自辽主开始，选择了元上都这片地方作为皇室冬夏"行营"或是"行帐"后，金朝历代皇帝仍沿其制，并开始名之为"金莲川"。1211年成吉思汗南下讨伐金朝的桓州和抚州，常以金莲川作为夏宫。

正蓝旗的"金莲川"，在历史上变得更重要，要从忽必烈说起。忽必烈在中国历史上，甚至是世界历史上，都是成吉思汗以外最广为人知的蒙古人。成吉思汗统一了蒙古高原，整合了蒙古族，并成为蒙古世界大帝国的奠基者。忽必烈则是统一了中国的元王朝的缔造者。忽必烈是成吉思汗第四子拖雷的次子，是蒙古第三代大汗蒙哥的弟弟，是成吉思汗的嫡孙。

1206年，铁木真整合了蒙古各部落，统一了蒙古高原，建立了大蒙古国，号成吉思汗。其势力覆盖漠北和漠南，并向四方扩张。灭掉了金朝后，立刻剑指中原的南宋王朝。金莲川地处漠北和中原的交通要道，蒙哥公元1251年即汗位，忽必烈则受命总领南面汉地的军国大权，由漠北南下驻帐于金莲川。忽必烈是一位雄才大略的人，早有"思大有为于天下"。为南下征服汉地，以在漠北时设置的"藩府旧臣"为基础，"凡战功卓越、满腹经纶、精通治国之术者"，不管种族、宗教、专长，集于帐下，建立了蒙古发展史上著名的"金莲幕府"。"金莲幕府"的设立，积聚了大量人才，尤其是汉人。忽必烈受其幕府汉人的影响，确立了以汉儒建议的"用汉法，治汉民"，崇尚儒学"王道之本"，"实太平之基"的军国理念。用现代语言和流行管治的说法，忽必烈在金莲川建立的"智囊团"，太成功了，可以作创业者的教本。可惜至今，用历史去谈管治经验的，往往忽略了忽必烈居功至伟的智囊团。

元上都作为草原城市，其规模与繁华程度自是了不起的。况且元上都的创建，在文化理念和城市结构上很具历史意义。在13世纪这个时代，元上都是中国南北的中原文化与游牧文化、世界东西文化交流和融汇的文明结晶。或者作一个可能不当的类比，一个是都城，一个是园林。在中国大地上，元之"元上都"，清之"圆明园"，是人类历史上，融合了中外文化、建筑艺术和工艺，属当时世界最先进、最华丽，投下了巨大财力和智慧建筑而成、一时无双的文明结晶，可惜都毁于兵燹。现在想象其原貌，只有靠文献记载与一鳞半爪的遗址和文物。

1256年忽必烈命他倚重的汉人谋士刘秉忠在"滦水之阳，筑城堡，营宫室"，三年而成，是为"开平府"。此城是元上都的前身。

元上都砖刻

元上都墙刻

在忽必烈眼中,"上都"的地理形势特殊,"控引西北,东际辽海,南面而临天下,形势尤重于大都(今北京)。"这种战略位置的重要性,对要君临长城南北的游牧民族尤然。

1260年忽必烈在元上都即汗位,是为元世祖。1263年扩建开平府号为"上都",而改燕京为"中都"。这两座皇都都是汉儒刘秉中所策划的,并有著名天文和水利学家、时为刘氏助手的郭守敬等人参与规划兴建。自元上都建成,元王朝奉行的是两都制,中都为首都,上都为陪都。1267年又在中都东北建新城,1272年再改中都为大都,同时改建上都为规模宏大、富丽堂皇的草原城市。成吉思汗以来,蒙古族的传统首都设在漠北的和林,自此元朝的帝都才转徙到漠南和中原。契丹、女真等北方民族建立的王朝,建都地址的选择与中原为核心的汉王朝不相同,他们立国后,多采取多都制。汉土王朝以中原为中心,塞外是边疆,习惯在边疆筑长城以为固。辽金元等强大北方游牧民族,在塞外立都,以适应他们按季节迁移的生活习惯。进入中原建立起王朝后，他们王朝的统治性质，既是继承中原王朝系统，成为"皇帝"；同时，仍是塞外众游牧民族的"大汗"。辽王朝如此，金王朝如此，元王朝亦如此。甚至清朝所以要建立"避暑山庄"，亦基于这种理念。

"元上都"建立后，近百年间，一边是元朝历代皇帝盛夏避暑、办公和娱乐的场所，同时也是元朝在北方草原的政治、经济、军事和文化中心。对元上都的繁华情况，我们仍可透过时人的诗词领略一二。忽必烈留有七律《陟玩春山纪兴》诗，说到他参与郊野活动情况。末句"净刹玉毫瞻礼罢，回程仙驾驭苍龙"，意气风发，确有一代开国帝王恢宏的气象。元代陈孚的《开平即事》二首全面描绘了当时的上都面貌。诗说：

> 百万貔貅拥御闲，滦江如带绿回环。
> 势超大地山河上，人在中天日月间。
> 金阙觚棱龙虎气，玉阶闾阖鹭鸶班。
> 微臣亦有河汾策，愿叩刚风上帝关。

> 天开地辟帝王州，河朔风云拱上游。
> 雕影远盘青海月，雁声斜送黑山秋。
> 龙冈势绕三千陌，月殿香飘二十楼。
> 莫笑青衫穷太史，御炉曾见衮龙浮。

虽然有点舞文弄墨，诗内确道尽了元上都周遭山川形胜的优越、宫殿园囿的宏伟瑰丽。

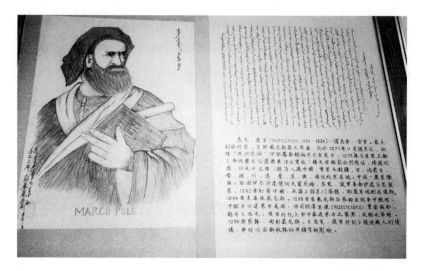

马可·波罗画像

由于蒙元是横跨欧亚的大帝国,元上都自然成为当时世界性的大都市。居民除原在中国的各族外,有来自世界各地的使者、商人、传教士等。这些来人,遍及高丽、日本、缅甸、印度、尼泊尔、阿拉伯、波斯、突厥等,甚至远来自欧洲。曾受忽必烈眷顾的马可·波罗,留下的名著《马可·波罗行纪》,内中就有不少关于元上都的记载。马可·波罗从意大利,随叔父千里迢迢来到元上都营商,留在中国17年。他对元上都的宏伟繁荣、军政和日常生活,都留下重要的第一手记载。元上都曾是世界最重要的国际城市,自然成为中外学术研究的热点,著作众多,不是这里浮光掠影的纪游所能交代清楚的,只好打住。

同行的专家告诉我,元上都所在的正蓝旗,至今仍是蒙古传统文化保留得最好的地方。该地的仿元宫廷技法的奶制食品、蒙古摔跤、标准的蒙古语、各种传统祭礼和仪式等,都属之。这跟蒙古帝国建立后,锡林郭勒草原是蒙古黄金家族直系后裔的驻地,而元上都地区即属成吉思汗名将札剌儿部木华黎家族的世袭领地,或许有关。

# 从蒙古象棋说起：蒙古高原与世界历史

下图是一副"蒙古象棋"，有木雕的棋子和木造的棋盘兼盒子。看似粗糙，却是蒙古老艺人按传承了数百年的传统工艺手工制作的，带有一种粗犷素朴的地地道道草原风格。"蒙古象棋"本身不仅是蒙古地区的一种棋艺，且具世界历史和文化意义。所以我珍重地收藏着。

一回，与时任内蒙古博物馆馆长的邵清隆先生聊天。他说草原上的牧人仍喜欢以蒙古象棋竞艺。并且说，蒙古象棋的游戏规则，既近乎国际象棋，又掺有中国象棋的元素。听罢，我就满怀兴趣，追问关于蒙古象棋的种种，还想弄一副把玩。我不精于下棋。下象棋，到我们这代，仍继承世世代代的传统，是不管老少，不管精通与否，大多数男性都会的玩意儿。于棋道，我水平甚低。我虽神往围棋，却无缘学懂，也算是平生的一件憾事。一听说蒙古象棋，就产生兴趣，或出于"历史癖"想知其究竟。遂恳请邵馆长费神代我购买一副藏玩。他知道我的心思，说坊间卖的，全是普通机制品，手工做的不会有的。随之告诉我，说他认识一位老牧民，已七八十岁了，是做蒙古象棋硕果仅存的艺人，尝试让人到牧区，求他为我做一副。听说尚有能用手工做的，时代变化得那么急，早晚会失传。这属传统民间的工艺，便死命央求邵馆长去办了。

蒙古象棋

再次来到内蒙古，邵馆长已给我弄到这副手工做的蒙古象棋。并说经我一提醒，他也为博物馆购藏了一副。听说不多久，这位牧民工艺家也过世了。

对于蒙古象棋的弈法，我曾请教过在博物馆从事研究的安丽女士，她写过有关蒙古象棋的专文。蒙古象棋与国际象棋同源，都出自古印度，经波斯然后传到阿拉伯，随之大兴。约在13世纪蒙古西征，自此传入蒙古草原。屡经变革，而演变成如今有自我弈法和风格的蒙古象棋。详细的说不了，看看蒙古象棋的棋子类型和造型，所谓草原风格就不喻自明。蒙古象棋的弈法，跟国际象棋和中国象棋相比较，同中有异。举例说，蒙古象棋的"王"，不像中国象棋的"王"，只坐守底部的内隅，按步移动，而是可任意游走全棋盘去厮杀的。这不正是历史现实的写照吗？历史上的游牧民族，王者大都率军征战四方。蒙古族更是如此，成吉思汗、蒙哥、忽必烈等蒙古名王不用说了，历代汗王大都身临战场，披甲上阵，亲自

235

指挥。几百年后说是蒙古人后裔的帖木儿、阿提拉也好，无不如此，甚至战死沙场。在蒙古象棋中，"马"比"车"重要，能弈成"双马"骈进，棋力最大。这种种的弈法和规矩，无一不反映了蒙古象棋是游牧民族的文化特性和价值观的体现。

蒙古象棋这样的一种棋艺，其传承有绪，演化有迹，颇具文化内涵，但也只是蒙古时代在欧亚大陆上各种文化交流的一个小例子而已。

我们总误以为，历史上的中国很封闭，开放与世界的交通，是近代的事。由于"丝绸之路"的广为传播，人们才知道中国与世界有过几千年交通交流的历史，但仍然少有人认识到，几千年来欧亚大陆的交通大道，另有"草原之道"，而且蒙古草原是其源头。

我在美国参观过仍然保育着印第安人土著传统的地方，他们传统生活的用品和生活习惯，与几万里外，重洋阻隔，位于亚洲最东北的大兴安岭上的鄂伦春族等狩猎民族何其相似。二者都住"撮罗子"，都以桦树皮做生活工具和手工艺，等等。无怪乎有中外学者，认定北美洲的印第安人是在冰河时期跨越白令海峡的亚洲狩猎民族。在俄罗斯参观莫斯科国家博物馆，看到的文物面具，有亚洲人面相的，有欧洲人面相的。在西伯利亚俄罗斯草原上，也发现过完全是中国传统庙宇样式的建筑模型。公元纪年前后的匈奴人、柔然人、6世纪的突厥人等，崛起于蒙古高原的游牧民族和势力都跨越亚欧北部的草原。即几百年前，狩猎民族来往于欧亚大陆的北部草原和森林，由大兴安岭到俄罗斯大草原，都是畅通无阻、往来不绝的。

人类几大古老文明的发祥地，两河流域文明、地中海文明、波斯文明、埃及文明、印度文明和黄河文明，在地理位置上，皆处于欧亚大陆的边缘地区，之间相隔千万里。但几千年来，从东到西，从南到北，民族、经济和文化的互相交流传播，持续不断。各种文明之间的相互影响既深且广，远出我们的意想。"丝绸之路"的历史，就是这种长久而持续的欧亚交通与文化物质交流的表征。但横亘于欧亚的交往通道除"丝绸之路"之外，另有"草原之路"。几千年来，从世界史去审视，"草原之路"影响欧亚民族播迁幅域之大、军事冲突之剧烈、政治疆域变动之频仍、民族间混融之深广、文化交流之广泛，真出于我们现今一般认识之上。逾两三千年来，欧亚大陆这种波澜壮阔的东西互动，起推波助澜的，常常是来自中国北部的蒙古高原。

苍茫草原，绝漠荒碛，莽林重山，这些蒙古高原极目无垠的自然景观，似亘古未变，见不着多少人文历史的痕迹。然而，在蒙古高原仍近乎原始状态的自然景观的背后，却隐藏着一部尚需向大众揭开的大历史。

希腊时代，被称为西方历史之父的希罗多德，在他的《历史》一书中首先介绍了欧亚草原上的游牧民族。书中的一些描述，古希腊人已认为是荒诞离奇的。即使活在希罗多德一百年之后的一些希腊哲学家，竟将希罗多德说成是"传说的贩子"。到 18 世纪以前，对希罗多德《历史》关于草原民族的记载，欧洲学者还是半信半疑的。在这方面，我们中国似乎好得多。不说更古老只言片语的记载。太史公司马迁在《史记》中，对蒙古高原游牧民族的历史，由有史以到他身处的年代都有较完整而系统的记载。从世界历史文献的角度说，《史记》关于游牧民族的历史记载弥足珍贵。比起日后

在莫斯科博物馆所见的东方面孔面具　　在莫斯科博物馆所见的中国样式庙宇模型,出土于西伯利亚

的史著和史家,司马迁历史视野宏远,不同凡响。早期的游牧民族无文字记载,逐水草而居,迁徙不定,倏起倏落,文字和遗物两缺。所以草原上游牧民族的历史,一直蒙着厚厚的面纱。

蒙古高原自有史以来就与中国历史的发展紧扣在一起,是建构成完整的中国历史和铸造成中华民族不可或缺的重要部分。蒙古高原虽位于欧亚大陆的东北隅,但在长达两千余年的时间里,持续影响了中国乃至世界历史的进程,是塑造欧亚大陆历史面貌的重要动力。

由亚洲东北部的蒙古高原向西,到欧洲的俄罗斯草原和偏南的匈牙利平原,自古以来是欧亚大陆的大通道。这条大通道称为"欧亚草原之路"。

公元前8世纪,欧亚草原崛起了游牧民族。欧亚地区历史上赫赫有名的大帝国都曾饱受他们的威胁。显赫一时的波斯帝国的居鲁士和大流士、罗马大帝国的亚历山大大帝等，一生都要面对被称为"蛮族"的游牧民族的威胁。

早在1961年，著名历史学家翦伯赞先生，在内蒙古地区经过两个月、行程一万五千里的实地考察，写成了一篇《内蒙访古》的历史文章。文中他说，这回考察是"见所未见，闻所未闻"。又说，他经此考察才"揭穿了中国历史的秘密"。一个以渊博著称的历史学家，对蒙古高原的历史尚有这种要重新认识的感慨。五十年过去，中国和世界学术界对蒙古高原游牧文明历史的研究和认识，与翦先生当时虽不可同日而语，但对于社会大众，蒙古高原的历史画卷，半展半卷的，仍未完全打开。一旦展开了这个画卷，呈现在我们面前的中国历史和世界历史，便是一幅新的图像。

自夏、商、周三代时出现的鬼方、猃狁开始，接着登上历史舞台的是东胡、匈奴、鲜卑、五胡、突厥、回纥、契丹、女真、蒙古，直到满洲人从东北入主中原，建立清朝，长达3000年的中国历史里，以汉族为主体、以农业文明为主导的中原，与以游牧民族为主体、以草原文明为主导的蒙古高原纠缠在一起，会演出一幕幕南北冲突和融合的扣人心弦的历史剧。中国历代王朝中，建立北魏等北朝诸邦，以及辽、金、元和清的，都是来自北方蒙古高原的民族。长达三千年的中国历史，从何说起？如用大椽巨笔去勾勒，其中一条中国历史发展的脉络，可视为一部以汉族为主体的中原农业文明和以北方游牧民族为主体的草原文明持续冲突和不断融合的历史。直到辛亥革命之后，南北最终搏击而成一个据有960万平方公里的现代中国，形成一体多元的中华文化和中华民族。不仅中国历史如此，在欧亚大陆，农业定居的文明与来自草原的游牧文明的相互关系及其所造就的历史结果，与中国历史几乎如出一辙。

公元纪年前的中亚地区，西起伊朗高原，南至今日的印度北部，北至西伯利亚，东到帕米尔高原以西，基本上是以操印欧语系的白种塞西安人的天下。公元前2世纪起，崛起于蒙古高原西南部的游牧民族匈奴帝国，称霸欧亚草原好几百年。最终因屡败于汉帝国，被迫西迁，而中亚塞西安人逐渐为西迁的匈奴及其后裔，或兼并或往西挤压。继匈奴而起，曾称雄中亚的是来自蒙古草原的鲜卑、柔然、嚈哒等，都在不同程度上改变了欧亚大陆的历史进程和格局。6世纪，崛起于蒙古高原的西突厥，也因屡败于中原唐王朝而西遁，卒之在中亚取代了嚈哒，成为主宰中亚几个世纪的主人。到12世纪，取代突厥，称霸中亚，最后建立起横跨欧亚的大帝国的，是源出蒙古高原东部的蒙古族。经过长达一千年来自蒙古草原游牧民族一个接一个西进的结果，塞西安人几乎绝迹于中亚而融铸入新来的民族。由于来自蒙古高原的不同游牧民族的先后崛兴，掀起一波随一波、后浪逐前浪的欧亚大陆民族的大迁徙，这种主要在欧亚大陆向西和向南的民族大迁徙，给世界史带来了巨大的影响。原居于中亚的塞西安人被迫西迁远达南俄罗斯各地，甚至深入欧洲中部。塞西安人对西亚造成的影响更大，他们进入了波斯高原，在公元纪年前后建立了长达五个世纪的安息国。西迁的匈奴人及其后继者匈人，迫逼比邻安息而继之崛起的波斯萨珊王朝。萨珊王朝被逼缴纳重贡给匈人部落，而且历时甚久。

继匈人而崛起的突厥，屡屡入侵波斯。1040年强大的塞尔柱突厥人卒席卷波斯全境，进而成为近东和中亚的共主。两个世纪后，

从蒙古象棋说起：蒙古高原与世界历史

从中国新疆到中亚和西亚各国都有相近的舞蹈。唐代在中国流行的胡腾舞，相信就接近这种舞蹈。这是"丝绸之路"文化传播的实例

塞尔柱突厥人在波斯的地位为蒙古人所取代。往后的一个多世纪，波斯成为大蒙古帝国的一部。后来虽然蒙古帝国崩溃，帖木儿大帝率领的蒙古突厥人，重新在波斯高原建立统治权。此后一个短暂时期，波斯也曾建立过本土的朝代，但从1750年到1932年，长期统治波斯的却是喀加突厥人。现在统治伊朗的是波斯人，但其居民有五分之一以上仍使用突厥语，这是波斯长期受蒙古突厥人统治所留下的结果。

公元五六世纪，蹂躏波斯的白匈奴的一支入侵印度，推翻了印度土著王朝笈多帝国。这些匈奴人所建立的帝国，虽然为时不久，但深远影响了印度日后政治社会的阶级成分。今日构成印度贵族阶级的若干印度教家庭，就是匈奴高级战士的苗裔。来自蒙古高原对印度的影响尚不限于此。公元1000年，若干突厥武士团曾侵入印度。自此以后，直到18世纪英国对印度殖民，其间印度全境都受异族统治。这些异族的统治者，多数源出突厥。其中最为人所悉知的是莫卧儿王朝，其统治阶层主要由突厥化的蒙古人组成。这一王朝始于1526年，迄于1858年。近代欧洲诸多民族国家，如俄罗斯、匈牙利、土耳其，以至东欧斯拉夫等，其形成不少都牵涉来自蒙古高原的游牧民族。今日的欧洲政治地理的形成，追本溯源，是蒙古高原游牧民族自4世纪以后持续入侵的结果。欧美和日本不少学者甚至强调，近世欧洲的构成，悉为来自东亚游牧民族入侵激荡的结果。一些学者还认为，近代世界史之形成，归因于成吉思汗及其子孙所建立的横跨欧亚的大帝国，因而视蒙古帝国的建立为造就近代世界史的序幕，而非习说的"大航海时代"。

原蒙古帝国征服和统治的绝大部分土地，旧有的蒙古文化几乎消失殆尽。蒙古人也接受了被征服地方人们的生活方式，融入被征服者的社会中。只有在蒙古人的故土蒙古高原，仍保留着纯正的蒙古人和他们的传统的生活方式。

# 跋

陈万雄

书稿终于要出版了，也算了却二十年来的一桩心愿。

拙著邀得老朋友魏坚教授百忙之中赐序，真是高兴。一方面铭志我们之间的情谊和文化因缘；另外，他的序言言简意赅，画龙点睛，勾勒出蒙古高原塑造中国和中华民族的历史发展脉络，是对草原历史文化深有造诣的大手笔。序文也不啻为本书的主题指引。内蒙古博物馆原摄影师孔群先生，二十年来虽讯问不周，当闻恳求照片支援，二话不说，尽量满足所需。魏、孔二兄对拙稿的援手，正代表与内蒙古文博界二十年前结下意气相投的情谊的延续。

图书设计名家宁成春先生，近年虽设计重心转移到文化艺术，仍应所托，亲自操刀，代为设计封面，也是感激不已的。至于为此书稿的出版，妥善安排和整理的香港商务印书馆总编辑毛永波先生和责编潘来基先生，一并感谢。希望拙著之出版，能有益于社会大众对中国历史文化的新认识，是所愿也。

本书简体版能够由三联书店出版，并得到活字文化的协助，很是感激。不拟再说什么了。香港知名学者、教育家和书法家金耀基教授，赐予书名题签，衷心感谢。